"峰岚·精品库"

薄暮惊鸿

『峰岚·精品库』编委会 编

海峡出版发行集团 ｜ 海峡文艺出版社

目 录

薄暮惊鸿

木兰流芳

◎ 黎　晗

一

他的腰不好，是长年伏案留下的病根。每回去做针灸，他总要诱导自己把脑袋放空放空再放空，让注意力快速离开自己的身体。那一次，思绪飘忽之际，唐代异僧妙应禅师的那首谶诗跳了出来，"白湖腰欲断，莆阳朱紫半。水绕壶公山，此时大好看"。可是，此腰非彼腰啊，他喘了一口气，白湖的腰断了是大好事，他的腰断了，却只能趴在这里，提心吊胆地数着到底有多少根银针在背部腰部突突突地跳动。

妙应禅师太神奇了，上面那 20 字谶语，预言的是他身后200 多年木兰陂的修建和由此带来的莆阳经济和文化的全面振兴。北宋吏部尚书林大鼐写的《李长者传》里说，"及陂成，溪循壶山之麓而行，'水绕'之言应矣。熙宁九年，徐尚书铎廷试第一；元丰间，有登科甲，至宰辅，而乡里禁从肩摩于朝，'好看'之言又应矣。盖木兰溪水流入白湖，为水破长生；及循山南转，是为秀水循武曲，来揖郡治，此地理一胜也"。白湖是白塘湖吗？他记得《兴化府志》里有载，白塘湖"初为海荡，及后堤塍继作，遂以成塘"。"为水破长生"一句，似是对"白湖腰欲断"的解析，他琢磨了好久，不解其意。后来他猜想，那是说木兰陂修成之后，北流的木兰溪水源源不断灌注入了白湖，冲开原来分隔水塘的堤塍：堤坝和田埂构成的"腰"断了是好事，白湖的水从此获得长生变成活水。待他读到康熙年间工部尚书杜臻撰写的《粤闽巡视纪略》，不由感到了汗颜，原来白湖不是白塘湖："白湖一名玉湖，土人用谶言作桥，以断水。郑叔侨诗云：'结驷直过黄石市，连艘横断白湖腰。'谓此也。"原来如此，他明白了，"连艘横断白湖腰"指的是用船连接起来作桥，把木兰溪水隔断了。这是说木兰溪上的第一座桥熙宁桥了，熙宁桥俗称阔口桥，其前身即宋熙宁年间创立的浮桥。

好险，还好没对外瞎嚷嚷，果真地方文史处处都是坑啊，他暗自摇了摇头。实际上，当他一个人在家里翻检古书的时候，积攒下来的困惑，比那些旧书上的灰尘还要多。很早的时候，他就发现，木兰溪怎么看也不像溪，南宋饱学之士郑樵说木兰溪，"集三百六十涧总而为一，故有无穷之流"，后世的人有了科学仪器，已经探明木兰溪光是干流，全长就有105公里。其流域面积广阔，有1700多平方公里之巨，占到整个莆田市总面积的近一半。莆田孩子读地方校本教材，上面说，"木兰溪是莆田母亲河，为福建主要水系之一"。福建省主要水系有"五江一溪"，其中闽江、九龙江、晋江、汀江、赛江，都叫"江"，只有木兰溪叫"溪"。是挺奇怪的，明明是一条很有气势的江流，祖先却要把她叫成"溪"。木兰称溪，境内别的河流自然都不敢充大，萩芦溪、延寿溪、仙水溪、莒溪、渔沧溪、蒜溪……有人说，在莆田，无论是山区平原，还是大海之滨，只要是流动的淡水水流，你找不到一处不叫"溪"的。

真的是这样吗？那涵江的塘头河呢，宫口河呢？

那哪是溪流呢？那是沟渠。

好吧。可是，木兰溪、萩芦溪、延寿溪，明明是江河，为什么要叫溪呢？这说明咱老祖宗谦逊低调啊，人家这样解读。好吧，他接话道，既然都这样想了，不如想得更豪迈些：先人在晋之后由中原陆续南迁，其文化血脉与北方故国紧紧相连，在他们旷达宏放的眼里，恐怕只有雄浑辽阔的黄河和长江，才有资格被叫作江河，其他的任何水流，无论多长多宽，顶多也就是迁居地家门口的一汪细流。

二

木兰溪是莆田的母亲河，她的流动翻滚关乎此地民生，所以郑樵说"此邦民贫，不任竭作"。木兰陂建成之前的木兰溪，几乎就是个败家子，阔的时候花钱如流水，没落的时候连自己的口水都喝不上。为了驯服这个浪子，此地先人没少折腾，"钱女吐愤"，"林叟衔冤"，11 世纪中叶的钱四娘和林从世，他们难酬的壮志是要在这条溪上修一个陂。所谓陂，就是引、蓄、灌、排功能兼备的水坝，他们要教木兰溪这个浪子学会理财，别涝的时候涝死，旱的时候旱死。难能可贵的是，钱四娘和林从世都是异乡长乐郡人士。古人憨直，也不知道是什么力量让他们大老远跑来的。可叹钱女和林叟累个半死，最后都失败了。没过几年，又一位外乡人，侯官人李长者李宏来了。李宏不仅获得奇僧冯智日的帮助，还带动莆田十四大户一起出资，精英联手，协力注措，上障百川，下遏飞潮，千古伟陂终于建成。再过了几十年，史书上有载，绍兴二十八年（1158 年），莆田县丞冯文肃主持重修木兰陂，工程竣工时，莆阳名儒郑樵提笔写下了一篇雄文《重修木兰陂记》。

等等，不是说木兰陂是蔡京首倡修筑的吗？为什么林大鼐、刘克庄、郑樵和周瑛、黄仲昭那些大儒的诗文里都只字不提？"宏应诏募而至"（林大鼐《李长者传》），"熙宁初，诏募能兴陂者"（刘克庄《协应庙记》），"熙宁初，有李长者宏，有此志矣"（郑樵《重修木兰陂记》），"熙宁八年，天子忧民，乃降诏募能修陂者"（周瑛、黄仲昭《兴化府志·水利志·木兰陂》），这些重要文献里记载的木兰陂修建过程，动因皆在"天子忧民"；方式皆为"诏募"；主角是侯官的年轻富翁李宏；配角是南洋十四大户，"施赀舍田，十四大户。三余七朱，陈林吴顾"（徐铎《木兰谣》）；成效是"斡东流，使南行三十余里……溉田数万顷……南洋斥卤，化为上腴"（《协应庙记》），"陂沟既成，斗闸亦固。罟者之渔，舟者之渡。朝廷之帑，军民之哺。且启文明，累累圭组。俗成康衢，风成邹鲁"（《木兰谣》）；回报是"官司酬奖，李公得小龟屿北、大龟屿东沿海白地，后人填海而耕，皆仰余波"（《李长者传》），"其成也，官以大小孤白地酬奖。后人塍为田者，率倍收其利也。裔孙或家于莆，岁食陂田于侯官之宗，智仁两尽矣"（《协应庙记》）。

"大小孤"即"大小龟"，谐音同义，大孤屿在今黄石镇金山村，小孤屿在今黄石镇邹曾徐村。原来李宏不是纯粹在做慈善事业，刘克庄甚至说李氏修陂是"智仁两尽"。与之联合投资的十四大户得到的回报更为丰厚："以原筑陂田四百九十亩七分赐十四臣，免其粮差。"（宋神宗《赐木兰陂不科圭田敕》）十四大户之所得明显高于李宏，毕竟李宏才出资7万缗，而大户们出的是70万余缗，此外他们还舍田开渠，牺牲了不少原有利益。

真的是这样吗，1000年前的木兰陂工程类乎今世之"众筹""风投"项目？"木兰春涨与江通，日日江潮送晚风。此水还应接鄞水，为谁流下海门东"，南宋名相龚茂良曾作《题木兰陂》诗，清晰挑明个中所由。"此水还应接鄞水"，用典在王安石于鄞郡（今宁波）初试新法人民称便。王氏力推"熙宁变法"，其政策魅力即在"因天下之力以生天下之财，取天下之财以供天下之费"（《宋史·王安石传》）。

可是，总要有人跟朝廷打报告申请下诏啊，否则神宗皇帝和王安石宰相焉知木兰溪"溪涨左冲，海咸右啮，农不偿种，吏安取科"之惨状？也许，那份报告真的就是蔡京或蔡卞写的？方天若《木兰水利记》有载："时蔡公兄弟京、卞，感涅槃之灵谶，念梓里之横流，屡请于朝，乃下诏募筑陂者……是举也，李君之力居多，十四家次之，其余助力钱者亦不可泯，今具揭于圃。而蔡公奏请之功，又非诸君之领袖乎？"

李宏率十四大户修木兰陂，始于熙宁八年（1075年），成于元丰五年（1082年，一说元丰六年），莆阳邑人方天若撰《木兰水利记》在陂成之日，后世根据这个时间节点推断，方氏所言应非杜撰。何况蔡卞乃王安石之婿，背后或有王相指点之功。然而方天若之后，林大鼐、刘克庄、郑樵和周瑛、黄仲昭等，言陂叙史，为何皆不提蔡京兄弟？也许南宋理学大家、邑人林光朝的《木兰即事》一诗可以对此答疑："可怜误国翻自误，身窜家流名垂锢。顿使行人口里碑，尽付当年诸大户。"

是这样的吗？他逢人便问，真的是因为奸臣身份，蔡京蔡卞的功绩被后世抹去了？然而李宏修木兰陂是熙宁八年（1075年）动工的，蔡京和胞弟蔡卞熙宁三年（1070年）才中进士，之后，蔡京为钱塘县尉、舒州推官，蔡卞为江阴主簿，一直到李宏携金来莆，木兰陂工地上人声鼎沸，蔡氏兄弟都尚未得到重用。在王安石和蔡京的年代，一个基层的小吏真的可以给皇帝上书请求救助桑梓百姓？皇帝真的会重视他们的意见而下诏议事？如果蔡京或蔡卞真的写过那些奏疏，其中一份真的发挥了关键作用，那之前，治平初年的钱四娘和林从世，他们又是因何缘故跑到异乡来豪掷千金行惊人之善举呢？因为太较真，有一阵子，他翻阅了大量史料，认为自己已经发现了其中的奥秘：也许钱四娘和林从世本身并不是富豪，他们只是长乐郡某一财团的执行代表，他们来到清波滚滚的木兰溪畔，是受到范仲淹推动的"庆历新政"的激励，作为一种变革的尝试，"庆历新政"的政策号召力其实已经接近"熙宁变法"……

然而，抚卷漫想，他却渐渐感到了厌倦，快1000年过去了，现在来争谁的功劳更大，有意思吗？都有功劳，是国家变革政策之下集体协力的结果，这样说行不行？他有些懊恼地合上了一册又一册厚厚的旧籍。直到有一天，读到明代常州知府余文的《重修木兰陂记》，他笑了，呵，原来他那样说，还真的不是负气，600年前的余知府也是这么认为的："水利之兴也，自治平也。迨神宗采王安石之言，诏诸路劝修陂塘，又准蔡京之奏，诏莆阳协兴水利，时则侯官李宏倡之，吾家十四祖助之，陂之创也，自熙宁始也。"余文是进士，祖辈为当年十四大户之一，这般身份士子说的话，听起来似乎公允。当然，也可以说是无伤大雅地和了一次稀泥。

三

"伊昔甚伟，于今芬芬。源清流长，千载融融。君子之泽，不可终穷。"读郑樵著《重修木兰陂记》，他总是浮想联翩。夹漈先生这么说，也许还有一份隐藏的私人感情，他跟喜欢听他唠嗑的朋友这样说。这件事说起来有些绕，据传南朝梁陈间，有个叫郑露的大儒与其弟庄、淑自永泰徙居莆田南山，面湖而建"南山书堂"，由此"开莆来学"，世称他们兄弟为"南湖三先生"。邑人咸谓："莆之衣冠文物,实自郑氏兄弟开先之也。"又谓："莆邑之称为'文献名邦',实肇于陈代之郑露。"

后,郑露奉召赴任离开莆田。临行前,莆人扶老携幼到溪边十里长亭欢送。为了表达对南湖大先生的敬意,送别的人们采摘木兰花,将花朵撒向溪里。一时间溪面上水波微漾,花团锦簇,郑露的船慢慢离岸,向下游飘去,那些美丽的木兰花朵一路流芳,相伴而逝。

郑露开莆田儒学之先,莆人很快就掌握了儒家的礼仪之道,而且发挥得更具诗情。据说郑露钟情木兰花,南山书堂周围曾经遍植,书香与花香四溢,成为当时一大雅事。木兰花别名辛夷、紫玉兰、木笔,早春绽放时,紫红花朵满树,幽姿淑态,别具风情。

从木兰开花的季节推算,莆田乡亲送别南湖大先生,应该是在早春。早春,有些微寒,然而并不凄清,空气中已经有了些暖意。这样的时节送别客人,似乎要比古代常见的那些离别温馨多了。人们把满手满掌紫红色的木兰花朵撒向水面,显然也表达了对大先生似锦前程的祝福。此情此景堪比李白的"桃花潭水",甚至较之更具人间温情。

此后,莆人为了纪念南湖大先生,就把这条河流命名为木兰溪。

600年后,木兰陂重修竣工,欣然为这一盛事撰稿的郑樵,正是当年南湖三先生的嫡传后裔。

有关木兰溪名字的由来,后人无法从史书中查出依据。他也找不到，但是他相信夹漈先生一定知道，那是写了《通志》的稀世大儒，煌煌两百卷的《通志》，乃"集天下书为一书"的天下奇书。

你看夹漈先生赞美木兰陂的用词："伊昔甚伟，于今芬芬。""芬芬"，说的不正是花香吗？

四

郑樵《重修木兰陂记》堪称莆田文学的扛鼎之作，他曾反复吟咏，感佩不已。在南宋那样柔肤弱体的氛围里，小小莆田能出如此豪迈雄奇的辞章，实在让人惊叹。时代虽然茬弱难持，但木兰陂"甚伟"，木兰溪"芬芬"，与其说是郑樵赋予了木兰溪人文的光辉，不如说是木兰溪激发了郑樵澎湃的文学豪情。

木兰溪真是一条神奇的河流，400年后，又一位莆田大儒的文学热情被她点燃，写下了另一篇雄奇美文。陈经邦的《宁海桥志》首句是，"跨溪海之吭喉，束潮汐之吞吐"，单从这两个句子，便可体会到全文的气势。陈经邦亦为莆田大儒，明嘉靖四十四年（1565年）进士，累官至礼部尚书兼学士，明神宗为太子时，选任东宫讲读官。

陈经邦为宁海桥写志，和郑樵为木兰陂撰文应该是基于同样的情怀。其实，同样是木兰溪上的水利工程，宁海桥修得比木兰陂和熙宁桥还要艰苦。史载，自元代元统二年（1334年）至清康熙十九年（1680年）的300多年间，宁海桥六建六圮。

现存的桥，是从清雍正十年（1732 年）开始，耗费 15 年时间重修的。

宁海桥为石梁式，桥面用 75 块长 13 米、厚 1.2 米的巨石铺设而成；全长 225 米，面宽 5.8 米；两墩之间的净跨径在 8.8 米至 11.8 米之间，比福建著名的五里桥和洛阳桥的跨径还大。过去莆人训示小孩"吃茄要摘蒂，走桥要念志"，为的是不忘前人缔造之功。与宁海桥有直接联系的莆田俗语有"脸皮比桥兜桥的石板还厚"，宁海桥南岸村庄叫桥兜，宁海桥又俗称桥兜桥，说一个人的脸皮"比桥兜桥的石板还厚"，这也实在夸张。还有一句俗语是"桥兜桥下的水，流入无声音，流出哗哗响"，此语形容某类人喜欢占便宜。这个比喻生动，为了验证其准确性，他曾专程到宁海桥上去听流水，海水涨过桥下时，还真的是一点声音都没有。有一次在桥头伫立，他忽然心头一动，身边有谁是"流入无声音，流出哗哗响"的？他想了好久，最后有了一个非常愉快的结论：他的朋友里没有一个这么小气的。以前或许有，但现在不是他的朋友了。

有关宁海桥，还有一个传说非常好玩。元统二年（1334 年）某日，莆田龟山寺僧越浦禅师到宁海渡，欲乘船去南洋平原化缘。因目睹渡口船翻人亡之惨景，越浦禅师恻隐之心顿生，遂双掌合一，口出阿弥陀佛之言，发愿募捐建桥。

修建跨海大桥，非一日之功可成，毕竟那时已非庆历、熙宁之年，就连供奉李宏、钱四娘、林从世的协应庙，都迁建重修了两次。为了做好准备工作，越浦禅师一边募捐，一边在宁海渡北岸创建吉祥寺为龟山寺下院，作为修建跨海大桥的落脚点。工程艰巨，花钱多，时间长，人心慢慢崩塌：寺僧外出募捐，渐渐泄气，有人甚至一去不回；造桥工场上，千辛万苦筹来的建筑材料，也时不时地被附近百姓偷走。见此不给力的情景，越浦禅师很是生气，便以手指作笔，用海水作墨，在吉祥寺的石柱上写下了一对对联："施我物必昌，偷我物必殃；入吾门不贫，出吾门不富！"据说越浦的字笔画清晰，犹如凿刻在石柱上一般，民众和僧人见了颇为震惊。从此，再也没人敢偷吉祥寺的材料，小和尚们也不敢逃离修桥工地了。

那副对联是有些刻毒，听起来不像一个和尚的口吻。但他喜欢这个传说，喜欢越浦禅师生气的样子。即便是有修为的僧人，急了也会骂人的。

宁海桥北岸的吉祥寺还在，有意思的是，越浦禅师当年用手蘸海水写下的对联也还在。这是他在莆田四处游历见到的为数不多的传说中的奇迹，那时他的腰疾尚未全面爆发，他喜欢徒步，喜欢漫游，喜欢所谓的实地考证。

那副对联只剩下了一边，另一边据说是因为"文革"时候民众在吉祥寺大炼钢铁，烟熏火燎，字迹被烧没了。留下的半副对联很是神奇，站近了，目审手扪，就是一根光溜溜的石头柱子，慢慢退后，字迹便渐渐浮现了出来。

他曾经带闺女一起去看那半副对联。孩子觉得太神奇了，当时她已是高中学生，脑袋里装满了"科学"，她用刚刚掌握的物理、化学、生物知识解读了老半天，愣是没解出半点奥妙来。

他觉得好玩，随口说了一句，很多时候，我们离一个东西太近，是发现不了它的神奇的。

孩子听了，扑闪着眼睛，似有所悟，粲然而笑。

他再去看那有些焦黑的另一边石柱。正是日暮时分，夕阳正好照在那上面，光影交错间，似乎又有字迹闪现。再定睛看时，却又消失了。这时候，他听到了潺潺的流水声。他知道，那是木兰溪的江水在缓缓流过宁海桥下，正源源不断汇入不远处名为"兴化"的海湾。

黎晗，中国作家协会会员，福建省作家协会副主席，于多种期刊发表小说、散文作品近百万字，入选数十种选本选集，结集有小说集《朱红与深蓝》、散文集《流水围庄》等，曾获十月文学奖、福建省政府百花文艺奖、福建省优秀文学作品奖等多种奖项。

廉村行思

◎ 阿 丁

对闽东穆阳的桃花盛名心生向往已久。寻得 5 月初的一个周末，与友人相约驱车前往，意欲抓住暮春的尾巴赴一场夭夭灼灼的桃花盛宴。

临行前一天，网上订好了下榻酒店后方知桃花花期已过。是啊，"人间四月芳菲尽"，孟夏时节，哪还有桃花留待于我？我未逐花花已逝，瞬间顿有"君生我未生，我生君已老"之怅惘。好在此行本是随心随性之旅，没有过多的预设和期盼，只要徜徉山水间，无庶务缠身，无杂念羁绊，夫复何求？

一

福安自古素有文献名邦之称，历史悠久，文化积淀深厚。唐时，福安一带属当时的长溪县，至 1245 年，宋理宗"敷赐五福，以安一县"，划出长溪县的一部分另行置县，福安由此得名。回溯这方山水的人文历史，"福安三贤"声名赫赫，其中尤以薛令之和廉村的盛名传播千秋万里而不息。

晌午，抵达福安，经当地友人推荐，我们直奔位于潭溪镇的廉村。车驶出福安市区，不到半小时即进入廉村地界，只见路旁茶园碧绿，溪水淙淙，在四周群山环抱中，古老的廉村一派悠然宁静。

　　热情的老支书早已在村头的大树下等候，让我们心生暖意。老支书一开口，浓重的闽东腔普通话在他略带沙哑的大嗓门中喷薄而出，这副"乡音"与我长年居住在海边吃"金刚盐"长大的父辈颇有几分相似，由此更让我增添了他乡遇故知般的亲切。

　　踏访廉村的行程从古码头开始。驻足古码头前，孟夏午后的阳光透过一株株枝繁叶茂的古树，投下斑斑驳驳的影子，似乎在诉说着这里的前尘往事。廉村之名并非古已有之。此地原名石矶津，"津"为渡口码头之意，很显然，这个临水而居的村庄，曾是不可多得的山中水陆交汇之地。水是细致灵动而又雍容大度的，它流经之处，孕育了生命，创造了财富，繁衍了文化，更传播了文明。唐宋时期的石矶津，因其河床深，江面开阔，水路发达，成为连接闽东北与浙南的水路枢纽和物资集散地，四面八方的物流云集于此，人流络绎不绝，各地的文化也在这里交汇碰撞，何其鼎盛。

　　伫立岸边，回望千年，在老支书慷慨激昂的解说中，我仿佛看到了当年码头两岸遍布的酒楼和云集的歌伎，天南海北的商贾旅人闲暇之余在这里沐浴清风，推杯换盏，把酒言欢，好不快意潇洒。欧阳修《醉翁亭记》中所描述的那一幕幕"觥筹交错，起坐而喧哗者，众宾欢也"的场景似乎就在眼前跃动。回到眼前，经历了近千年时光流转，当年的喧嚣码头如今变成一个窄窄的水道，载不动的繁华成了寂寥于时空的往事。透过老支书苍茫惆怅的眼神，与他一起凝视对岸的花海，尽管暮春的油菜花、野菊花依然星星点点地绽放，但我能感受得出他深藏于内心的丝丝感慨——光阴如流水，世事总沧桑，芸芸众生，有谁能阻挡得了岁月变迁？

二

在老支书的娓娓道来和移步换景中，关于薛令之的清廉轶事和廉村的历史在我们面前延展开来。

唐永淳二年（683年）中秋之夜，天清气爽，皓月当空，薛令之在拥山揽水的石矶津呱呱落地，因其出生日恰逢中秋，故号明月先生。薛令之自小聪颖过人饱览诗书，23岁应试及第，"文破八闽之荒"，成为科举制实施百年来福建第一位进士。此后，福安耕读之风蔚为兴盛，仅石矶津一个村落就陆续走出了30多名进士，乃至创造了"一门五进士，父子皆登科"的辉煌历史。

唐开元初期，薛令之深得唐玄宗器重，官至左补阙兼太子侍讲，与贺知章一起成为太子李亨的老师。补阙之职可规谏皇帝，纠正朝纲，弹劾百官，显然位高权重，但薛令之为官从政从来都是规规矩矩尽己本分。怎奈时移世易，至开元中后期，目睹玄宗沉湎淫乐、荒怠政事，加上处处遭受宰相李林甫的排挤，备受身心煎熬的薛令之在愤嫉中留诗东宫自悼："朝日上团团，照见先生盘。盘中何所有，苜蓿长阑干。饭涩匙难绾，羹稀箸易宽。只可谋朝夕，何由保岁寒。"其胸中愤懑可见一斑。此诗不可避免地得罪了玄宗，庙堂必是不宜再留，称病告老返乡便是薛令之唯一能做的选择了。

四十载朝廷为官，返乡时身无分文。从帝都长安到千里之外的石矾津，一路孤苦伶仃，悲壮唏嘘。薛令之的清廉让朝廷百官汗颜，却在百姓中传为美谈。玄宗终是心生愧疚，下诏长溪县以岁赋供养薛令之，但他从不多拿半分一文，坚守清贫。唐肃宗李亨即位后，感念师恩，以义子自称，召其入朝辅佐，未曾料想薛令之已病逝数月。在满怀悲恸和感动中，肃宗敕封恩师居住的村为"廉村"，水为"廉水"，山为"廉岭"，石矾津自此改名为廉村，也由此成为中国历史上唯一由皇帝敕封以"廉"为名的村庄。这便是我们在薛令之纪念堂明月祠里看到的那副楹联——"首登黄榜自古闽地无双士，帝赐廉名至今华夏第一村"的历史脉络。

那天正巧，在明月祠里我们刚好遇上几个当地村民，正在张罗着次日的祭拜活动。老支书说，一年一度的中高考前夕，村里的学子都会被父母带到明月祠祈愿，祈求获得明月先生指点题名金榜。

一个村庄，一派山水，因一代廉臣的美名而辉耀千秋。薛令之以其博学和清廉造就了廉村的盛名，也让自己走上了神坛，成为被顶礼膜拜无限景仰的神。其力量如浩荡春风，为世世代代廉村人带来无边的护佑和无上的荣光，也在中国古代廉政文化史上留下璀璨的一笔。

其实，只要我们翻阅历史即可获知，许许多多被当地民众虔诚侍奉的神祇都是历史上的真实人物。正是因为他们曾经心怀苍生行善积德，受到百姓拥戴颂扬而逐渐演变为"神"，比如海神林默娘、财神赵公明、护法神关帝爷和各地的城隍等等。百姓对神的膜拜，实际上寄托的是对国泰民安、风调雨顺、平安和谐的追求，这种追求朴素而又坚贞，如山磅礴，如水绵延。

三

廉村城堡内的古官街上有一条官道，由三条纵向平行铺排的条石组成，中间规则有序地镶嵌着细小的鹅卵石。都说"政声人去后，民意闲谈中"，在今天看来显得狭窄紧促的官道上，遥想当年文官武将路过之时，一定少不了周边百姓对该官员人品作风和官德政绩的评价。老支书是个明理人，他说，人间正道虽沧桑，但若为官不走正道，何止"回家卖红薯"那么简单，而必遭百姓唾弃，甚至钉在历史的耻辱柱上。侧立于古官道前，我不禁陷入了沉思。当年的薛令之，凭一己之力无以扭转荒淫弊政，徒有壮志在胸也枉然，唯解甲归田，隐于山村，不同流合污，不趋炎附势，留一世清名给后人以借鉴，树一座丰碑给后世以启迪。这，难道不是一种曲线的怀才报国？

器物无声亦有道。给我触动极深的是，方圆状的物件在廉村几乎随处可见。譬如，由鹅卵石和条石拼成的方圆路面，明月井的内圆外方井口，倚在古城墙边上的方圆石器等等，无不揭示一个朴素的道理——无规矩不成方圆。诚如老子所言"道法自然"。这个"自然"，亦即天理和正义。人若欲求过甚，逾越规矩，背"道"而驰，距离危险甚至覆灭的境地也就不远了。

不觉间，已是夕阳西下。环绕廉村一圈，我们的行程终点又回到了古码头。站在河道沿岸的台阶上，耳闻雀鸟归巢的唧唧啾啾声，眼望远处含黛的山峦，伴着河畔淙淙的流水，心生静谧，心如澄澈。是啊，时光是深邃的，芸芸众生只不过是历史褶皱中的一粒细小微尘，躯壳碾落成灰是再自然不过的事。那么，我们是否要在有限的人生中留下一些有意义的痕迹？倘若如此，也算是对养育了我们生命的自然山水的一份馈赠和反哺。

阿丁，本名丁林兴，福建省作家协会会员，在多种报刊发表散文作品，现供职于平潭综合实验区党工委管委会办公室。

暗潮汹涌

◎ 大　荒

一、楔子

烈山又叫历山，只是从不同的人口中说出，发音有些许差异罢了，当然，烈山更为标准，仿佛是当时的官话。

烈山不是一座山，是一个城市。这城市沿山而筑，不大，房子多是土石混合，茅草覆盖。也算不上繁荣，因为这里不是什么交通要道，离王道也有一段距离。

烈山也没有什么很特别的作物或产品，只是周边有一些田地，这些田地属于烈山氏，每年收成的时候按照绥服之地的税法缴纳给诸侯一些，留下的便给族人分食。而城里，便将制作的物品，换取一些粮食过日子，基本上是以物易物。不是特殊的情况，他们连刀币都没有摸过，别说金币了。因此，虽在绥服之地，但还是一个比较原始的聚居地。

这里的最高长官，既不是城主，也不是什么诸侯王公，而是一个族长，烈山氏的族长，但你还别说，周围的诸侯想要吞并或改造这座烈山城，一听说它的地望背景，便早早地打消了念头。

因为，从这里出去的，或是有关联的族氏，在当朝都是赫赫有名的，比如朱襄氏，比如隗騑氏，而新近的烈山城的烈山氏，则是朱襄氏的一个旁支。

其实，现在说烈山是一座怎样的城池，已经没有任何意义了，因为，随着一声巨响，这座城池便和烈山夤一起闭上了眼睛。

那是一望无际的黑，黑得你不相信自己的存在，于是，你会四处寻找光明，就像飞蛾一样。夤这样想着，便感觉自己在飘动，是没有知觉的飘动，仿佛脱离了树枝的叶片，或是逃离了肉体的灵魂。怎么可能呢？他想，刚才还是好好的，什么鬼？他再一次想起将信将疑的火教，他祖父信奉的火教，他父亲信奉的火教，他不是一个实在的神，而是一堆火，此前是一堆木头，此后是一堆灰烬。但他的祖辈、父辈总是泪汪汪地望着这堆火对他说，你要相信，这是我们来的地方，也是我们将要去的地方。怎么来他不知道，怎么去他倒是见过，祖父死的时候，就是坐在木头上被烧化的，一股烤肉味，但不是引起人的食欲的那种烤肉味，如果是的话，他一定会破口大骂这一堆火焰的，但不是。他可有可无地飘着，然后试着在心里大喊一声：火，我要火！

神奇的事情出现了，就像当时上帝说要有光，于是便有了光一样。他的眼前出现了一苗星火，弱得就像鬼火一样，或明或暗，断断续续，老让人担心马上会熄灭似的。但至少有这一星火苗，就够了。他想，无论去哪里，有这一星火苗，比任何的慰藉都来得及时而温馨，这就是信仰吧。他想，这就够了。

火苗在起伏，仿佛穿过一条长长的隧道，忽然，眼前亮了起来。那种亮，不是视觉的亮，是意识的亮，是没有色彩的亮。就像人忽然想明白了一件事情的亮。他的眼前出现了一个巨大的广场，广场上站满了一排排整齐的巨人，巨人的身体是通透的、赤裸的。他们一个个肩扛着粗大的绳索，连绳索也是透明的。他忽然想看看自己的手脚，看不见，什么也看不见，可能也是透明的吧。有关系吗？

忽然，他听到一声整齐的呐喊，喊什么听不明白，然后便听到巨大的"扎扎"声，看对面浓黑的、高高的山体上方，还跪着一尊岔开双手仰首问天的巨人。"扎扎"声越来越响，忽然，山体的中央裂开一条缝隙，强烈的红光从缝隙间爆射而出。如果有眼睛，那一瞬间已经瞎了；如果有躯体，那一瞬间已经融化了；但他依旧存在，依旧欣赏着这壮丽的一幕，这说明了什么？还能说明什么呢？

那巨大的石门越开越大，越开越大，轰隆隆的声音震撼着灵魂，然后便是一团火球，准确地说，是一团燃烧着的铁球，从石门里滚了出来，落向巨大的、长长的峡谷。你甚至可以感觉到那峡谷的底部是一条光滑的、巨大的抛物线轨道。那燃烧的铁球落进轨道，滚动，越来越快，而后沿着峡谷飞速上升，"呼"的一声抛向空中。啊！那不是太阳吗？太阳啊！火，我的神。

忽然一阵剧痛传来，从四肢传来，从每一根神经传来，所有的骨头都散了，他要用痛苦去接合那些骨头，有一些是断裂的，比如肋骨和脚腕的骨头。是什么在拉动他的臂膊，拉动然后甩下？轻点，这是人。啊，我的肋骨，我的脚，轻点……他在骂着。可是嘴巴张不开，眼睛张不开，浑身都动不了。他试图张开嘴巴，觉得嘴巴里塞得都是草。他喉结动了一下，最终还是没能发出任何声音。

"你听到他说什么吗？"一个细小的声音在耳边响起，女孩的声音。

"有吗？"一个男孩的声音。

他又感到四肢被牵扯，骨折，错位，撕心裂肺的疼痛……让我舒服一点死去吧，火神啊！他几乎痛得泪奔。他感觉嘴里的草被蛮横地拔了出来，连带右边的一颗门牙。这天杀的，他想。这时，胃肠里面一阵抽搐，就像养着无数的螃蟹用它们的钳子夹着你已经很薄、很敏感的胃壁一样。这天杀的螃蟹，他又想。

他感到被人踢了一脚，居然还被人踢了一脚，这毫无道理啊！我如果能够活过来，我一定要告诉他，死人也会痛的，而且比活着的更痛。

"走吧，又是一个死人，说好了，我可不想再为你挖坑了。"男孩的声音。

你才死人呢，他想大叫一声，可声音还是没出来，甚至连喉结活动的力气都没了，感觉一半的身体在泥土里，身子随着水浪在摇摆，而且还时不时地将已经很疼的头部敲向一块坚硬无比的岩石。

"你看你看，真的又动了一下，他还活着。"女孩的声音。

他醒了，终于痛醒了，他感觉自己又被踢了一下，这下疼得他大叫了一声："王八——""蛋"还没叫出来，又失去了知觉。

一会儿，他便感到脸上火辣辣的，还可以听到啪啪啪啪的声音，他强睁开眼睛，发现眼前是一个和自己差不多年龄的野蛮的孩子，用手不断地拍着自己的脸。

"干吗？"他虚弱地说。

"啊，活了，我说是活的你还不信。啊！"女孩高兴得要跳起来，忽然想起眼前这个男孩一丝不挂，惊叫着转过身去。

这确实是一具一丝不挂的躯体。下半身满是泥浆，黄泥浆。上半身是一层薄薄的皮，苍白得有些透明，包着底下错落不堪的骨头，但仔细看，却也能看到骨头底下心脏的震动。还活着，那是毋庸置疑的。但也只是活着，既没有活的颜色，也没有活的形体，总之，没有活力。

"你还看什么？把你的衣服脱了给他穿上吧。"女孩叫着。

"凭什么？"男孩也叫了起来。

"穿上，穿上，求你了，哥，帮他穿上吧。"女孩说着。

"穿上也行，那他就是我的了。"男孩说。

"想得美，我的，你刚才说了，如果是活的，那就是我的，如果是死的，那就是你的。"女孩说。

"我要死人干吗？"男孩心不甘情不愿地脱着自己的外衣，那是一件上等布料做的大氅，红底黑纹，绣着龙首鸟身花纹。

"当然是挖坑埋了，还能干吗？父亲说这是功德，功德都是你的。"女孩说。

“我才不要呢。”男孩将外套替他穿上，穿的时候，那男孩突然叫了起来，“不可能，不可能的。”

女孩忙转身凑了过来说：“什么不可能？”

“你看他背上！”男孩说。

背上像饿坏了的恐龙的背脊，一粒粒的椎骨突兀地叠成一串，皮包骨头，只是，在椎骨上，可以看到一条血红的脉络在游走。

“啊！怎么会这样！”女孩也惊叫了起来。

他们一定是看到他背上的那条红筋了，说也奇怪，他们家祖祖辈辈，背上都有这么一条红筋，特别惹眼，尤其是在夏天的时候。祖父常说：“这是我们家族的特征，你如果看到谁的背上也有这么一条红筋，那一定是你的叔伯兄弟，错不了。”

红筋又怎么了？快点把衣服穿上吧，爷，在水里不觉得冷，现在出了水，被风吹着，冷到骨头了，不就是一根红筋吗？他心里想着，可他连说话的力气也没有了。

“怎么办？”男孩说。

“什么怎么办？那更要救呀！快快，把他抱起来。”女孩说。

“吃，有吃的吗？”他实在太饿了，挤出这句话，强睁开眼睛，一双充血的眼睛看了看眼前的男女，便觉得眼皮重的像铁块做的，还来不及细看，便又合上。

一会儿后，他感觉有食物塞进他的嘴里，粟饼，不用想都知道，那细腻得还没咀嚼就已滑进胃肠了。他又张开大嘴咬了下去，只听得女孩大叫一声，他感觉咬住的是两根手指，忙松了开来。忽然脸上又是一巴掌，他强睁开眼睛看着女孩，能不打吗？他想说又说不出来。那女孩头发绑在背上，眼睛奇大，皮肤白皙，脸型嘛，如果算是瓜子型的，那也是瓜子中最好嗑的那一粒。

"看什么看，你咬了我的手了。"女孩叫着。

他的眼里闪着歉意的光，就像狐狸不好意思地眯了一下眼睛。

女孩又拿了一块粟饼塞进他的嘴里，然后拿起一壶水，灌进他的嘴里。

他忽然觉得活过来了，真正的活过来了，他第一次觉得食物的意义不纯粹是物质的，甚至是精神的。

男孩把他扶了起来。"可以走吗？"男孩问。

这也太快了吧，他又想骂出来，但还是咽了下去，毕竟口中还有他们食物的甜味。这时，他又感觉到身上的舒适，这舒适和平日里穿惯的葛衣截然不同，是柔软的舒适，甚至带着地位的舒适，这大氅似乎祖父也有一件，那只是在族里大事的时候才穿出来的，而且，只要一穿上，便真的成族长了。他抬头看了看自己身上的锦衣，忽然身子热了起来。其实，这锦衣里包裹的，依旧是满身淤泥的裸体。

他依旧躺在那里，他根本不知道自己身上哪根骨头还能用。"我这是怎么了？"他说，"这是哪里？"

"这是升山。"女孩笑笑的，欣赏着说。

"升山？没听说过。"他茫然地看着周围的一切，到处是水，远处的山头就像一个个窝窝头在水面上荡漾。

"离历山远吗？"他忽然问。

"啊！你是烈山的啊！我就说嘛！"女孩说。

"难怪。"男孩说，"烈山没了。是烈山，什么历山。我们就是从烈山那里过来的。"

"没了？你是说房子没了？人没了？还是牲口没了？"他一连串地问了出来，心里鼓捣着，想着家人。

"嗯，什么都没了，剩下一堆泥巴。"女孩同情地点了点头，说。

他不再说了，闭上眼睛。

男孩一边拍着他的肩膀一边说："还能走吗？我们的车在那里。"

他沿着男孩所指的高处望去，那里站立着一匹马不像马、老虎不像老虎的东西，"瑶瑶"地叫着，背后拖着一辆精致的车。

"我行。"他说着想要站起来，发现全身使不上力气，而且脚腕剧烈地疼痛，低头一看，这什么情况，怎么脚后跟跑到前面。天啊，脚掌呢？脚掌跑到背后去了。一阵锥心的痛让他又瘫软在地上，看到野蛮的男孩上前，他慌忙缩回自己的脚。要玩也应该自己玩，他想。接着，他便咬着牙，抬起自己的腿，双手抱着那反了的脚面，一拉，一转，一按，把脚面转到前面来，搞得头上汗如雨下，看得边上的男孩女孩毛发直竖。

"你狠。"男孩无比佩服地说着，看了看周围，跑到河岸的斜坡上找了两根木头回来，麻利地扯下衣服的带子，将他的脚固定好，便扶着站了起来。

"可以走吗？"男孩关心地问。

他也不回答，只是点了点头，身上不知道是河水还是汗水，总之，已经湿漉漉了。

从水边走到高处的马车边上，是一片起起伏伏的斜坡，路不长，但他就像走了几座山的距离，好不容易挪到了车的边上，那畜生莫名其妙地又往前走了几步。坑爹啊这是，他只好再咬着牙，往前挪了挪，看前面的怪物，白色的头有点像马，身上却长着虎皮，尾巴又红得像火，越看越觉得不伦不类，便问："这是什么鬼东西？"

"鬼东西？哈哈，你不会连鹿蜀都不知道吧？"男孩说。

不知道也正常啊，我压根就没出过历山，哦不，烈山。他看了看男孩，男孩慢慢地扶着他，将屁股先挪上车，再把双脚移到车上。

"鹿蜀啊！"他说，"不知道。"

"不知道还这么大声。坐好了！"男孩说着到前面驾座上，女孩也钻进车里，在他的对面坐下。车子飞快地跑了起来，快，比马快多了，一点也不会感到颠簸。

这马车就像装了避震装置，里面的座椅都包着松软的布料，布面上绣着花草图纹。

"对了，忘了问，你叫什么呀？"女孩问。

"夈，你呢？"

"夈？什么夈？"女孩说。

"弇兹，神灵弇兹的弇。"弇说。

"哦。我叫赤水听訞，我哥哥叫隗騩相。"听訞说。

"啊！"弇忽然叫了起来。

"怎么了？"听訞问，"是不是太快了？"

"不不，我发现我的手臂忽然就不痛了。"弇说。

"不痛了不是很好吗？瞎叫什么？"听訞说。

"本来会痛的地方，或以为会痛的地方忽然不痛了，难道不比痛了更可怕吗？"弇说。

"什么意思？没听懂。哥，到哪里了？"听訞朝车前叫着。

"马上到了。"相说。

车子就像飘着，慢慢地停了下来，隗騩相跑到车后，打开车门，将弇扶了下来。

弇一下子蹲在地上，瞪着眼睛看车底下的横轴，那里确实装着避震垫片。

"他这是干吗？"听訞问。

"不知道，脑筋坏了吧？"相低头看着弇。弇点了点头，吃力地站起来，看看周围，嘴巴合不拢了。这什么鬼地方？路宽得可以并排跑四驾马车，道路两边建满了高大的石头房子，而且依山而建，盘旋到山顶。那房子清一色的黄垩石砌成，金光闪闪，晶莹剔透。房子大门两侧的立柱上还刻着鸟身龙首石像。

妈呀，神。弇吃力地跪了下来，对着石像拜了拜，再吃力地站起来。

"你们这里怎么会有我们的山神？"夽问。

"这得去问问你们的山神了。"隗魃相笑了笑说。

这时，又一只鹿蜀嘚嘚地飘了过来，从上面下来一个比相更年轻的男孩，衣服和夽身上披的一样，暗红的锦衣。

那人下了鹿蜀，盯着夽看，说："哥，他是谁？"

"叫什么来着？夽。"相说，"捡的。"然后转身对夽说："我弟弟，来。"

夽看了看来，点了点头，便把目光移向街市，这里可看的东西太多了，比如每个人门前的石兽都不一样，有的马身，有的虎身，有的鸟身，有的门面大一些，有的门面小一些，街上人来人往，衣着华丽，眼里透着傲慢。

"这才是城池啊！"夽想，和这比较，烈山城简直就是一堆土疙瘩。

隗魃来不停地打量着夽，不住地摇头说："我说你们是不是有病啊！什么仆人没有，非要带一个会吃饭的瘸子回来。"

夽头发凌乱，面黄肌瘦，而且还瘸了一条腿，光着脚，怎么看怎么不顺眼。

听訧不服气地站在来的面前说："我就要，怎么了？你才有病呢！"

"好好好，进去再说。"来说着，朝门里跑去，边跑便回头叫着，"哥，你们等着，我叫人来。"

不一会儿，门里出来两个比平常人高出一倍的巨人来，到了相和听訧的面前，恭敬地弯身行礼，口里叫着："公子，小姐。"然后回头看着人不像人、鬼不像鬼的夼，转身用咨询的眼光看着相。相肯定地点了点头，巨人二话不说，一人抓着夼的一条胳膊，飞也似的往大门里跑去。另一个仆人从门里出来，将马车和鹿蜀牵走。

不一会儿，夼就被两个巨人丢在一个大堂里，痛得他又一次晕了过去。等他醒来，看到堂上已经坐着一个须发皆红的皱眉的锦衣汉子，眼睛像石刻的狮子眼一样，滚圆滚圆的，盯着躺在地上的自己。

"父亲，你看，这不是瘌子吗？你说哥和妹是不是哪里出问题了？"来说。

堂上的红发汉子紧盯着夼，忽然走到夼的面前上下看着，还是不明就里，捏开夼的嘴巴，看到里面缺了一颗牙齿，还在流血，摇了摇头，回到自己的座位。

这时，相和听訸进来，恭敬地叫了声："父亲。"然后，相走到夼的面前，将夼的衣服脱了下来说："你看。"

又是红筋，也不要这样想脱就脱啊，夼白了相一眼。

"看什么？"来也从座位上跑下来，到了夼的面前，盯着夼的身子看，"有特别吗？比我们苍白？比我们瘦？"

忽然，红发汉子抓着夼的背，叫道："看清楚了。"

来吓了一跳，夼也一下变了脸色。不会把自己拿来喂怪兽吧，要那样就惨了，还不如死在水里，夼想。

红发汉子一把抓起夼，按在一边的椅子上："孩子，你叫什么？从哪来的？你父亲叫什么？"

夰怕怕地看着红发汉子，怯怯地说："夰，我叫夰，烈山夰，烈山的。"

"父亲呢？家里人呢？"红发汉子问。

"没了，都没了。"相说。

夰的眼圈又有点红了，咽喉紧了一下。

"爹，把他留下吧，给我。太可怜了，是不是？爹。"听訦拽着红发汉子的袖子叫着。

"不行。"汉子叫着，"什么给你，你以为宠物呀，他是你们的兄弟。"

"兄弟？"夰吃惊地看着红发汉子。

"兄弟？"相和听訦同时高兴地叫了起来。"我就说嘛。"相说，"是我发现的。"

"孩子，你多大了？"汉子问。

"十八。"夰说，"不过，大叔，我还是没有明白过来，我怎么就成了他们的兄弟了？"

汉子也不说什么，哗的一声，脱下自己的上衣，露出结实健壮的背部，说："看到没有？看到没有？你爹是不是也是这样？你爷爷是不是也是这样？"

"哦！你说背上的红筋吗？不是所有人都是这样吗？"夰说。

"傻孩子，只有我们家才有的。"汉子越来越高兴，越来越亲昵了起来，把衣服穿好，回头对隗魖相、隗魖来说："他是你们的大哥，叫大哥。"

相他们叫了声大哥，忽然觉得有点失落，倒是听訴叫得真真切切，很是开心。

"孩子，你就住下，我让人帮你安排，相，你再去看看还有没烈山出来的人，若还有活的，救一个是一个。"汉子说，"对了，我叫康回，你往后就叫我叔叔吧，自家人，随便怎么叫，哈哈。"说着对外大叫："来人。"刚才两个巨人又奔了进来，俯首站立。

"带大公子到侧院去，和相隔壁。"汉子还没说完，巨人已经一边一个把弇抓了起来。"轻点。"汉子叫道。

"是。"巨人同时应道，你看我，我看你，忽然觉得无从下手了。

"没事，我自己走，你帮忙扶我一下。"弇说着站起来，对着汉子躬身，"谢谢叔叔，谢谢弟弟、妹妹。"接着便扶着巨人去了。

弇心里快笑出声来，这什么世道呀，真是莫名其妙，要是今天身上没有这根筋又会是什么样呢？谢天谢地，父亲，母亲！啊！父亲母亲现在会在哪里呢？这究竟是怎么一回事呀？为什么会有这么大的水说来就来啊！火神啊！保佑我父亲母亲平安，保佑烈山的所有人都平安，但是不可能了，相不是说了吗？没了，烈山什么都没了。罢了罢了，活多少是多少吧。这叔叔叫康回的，是干什么的呢？弇想着便停了下来，巨人也停了下来。

"叔叔是干吗的？"弇问。

"共工。"巨人回答。

"共工是干吗的？"夯问。

"不知道。"巨人答。

"算了，走吧。"夯说着，便又一跳一跳地往前跳去。

这鬼地方怎么这么大呀，没完没了，有必要吗？夯想。

府中男男女女经过，都惊讶地看着夯。好不容易到了一处院落，中间一个厅，边上左右厢房，巨人便将夯扶到右厢房，那是卧室模样的房间，但比烈山的祠堂还大。

夯刚坐下，两个女用人便进来，为夯放好热水，将夯的衣服脱了，侍候着夯爬了进去。

夯在女人面前这样赤条条的还是第一次，生怕生理反应太过迅速，在还没勃起的时候，便赶忙往热水里一泡。这一泡，不但没有勃起，浑身顿时痛得死去活来。夯哼哼唧唧地叫着，却还是觉得痛得很舒服、很享受。

忽然，门外传来苍老的声音："公子呢？夯公子呢？"

用人匆匆出来说："啊，大师父，公子在泡澡。"

"胡闹，胡闹，你们想让他死呀，快快捞出来。"大师父说。

捞出来？怎么又要捞出来了？夯咬着牙从热水里出来，一跳一跳地跳到床上，也顾不得穿衣，四仰八叉地躺倒。

侧头看大师父，一身白衣，白发白须，眼睛一点也不慈祥，锐利的就像一把利刀。

大师父小心地解开夯的绑脚，将脚的位置摆正，涂上草药，从身边拿起两块树皮，一左一右地固定住，绑好。然后也不等

暗
潮
汹
涌

弇的同意，张开弇的嘴巴，看了看舌头，自言自语道："不可能呀，发大水已经十天了，怎么会不死呢？"说着，又使劲地掰开弇的嘴巴，盯着每颗牙齿看着，又靠近闻了闻，仿佛有鬼草的气味，那就是了，真是造化。大师父点了点头。这鬼草可以屏蔽人的生理欲望，从而调动人的生存保护本能，很类似于助人忘我，便能达到水火不侵，说得再简单些吧，有点像麻醉剂。

弇嘴巴张得难受，用手拍着床沿。大师父忽然意识到，连忙放开弇的嘴说："哈哈，吉人吉人。"大师父莫名其妙地说着。

弇搓了搓下巴，诧异地看着大师父。忽然闻到大师父身上极其特别的气味。

弇问："你身上什么味道？"

大师父忽然大为高兴，哈哈大笑："真是有缘，真是有缘啊。"

弇越发的莫名其妙，这难道别人闻不出来吗？简直到了刺鼻的地步了。

但你还别说，一般人还真闻不出这气息的，说的玄一些，是真气的气味，说得直白一些，是没有气味的气味。只要是生物，身上都有气味，比如环境的气味、状态的气味、职业的气味、习性的气味，而一个人身上修炼得没有了这些的气味，你便无从判断这个人是一个什么样的人了，这又仿佛一个人突然从你的眼前抽离到另外的一个时空中，使人无法判断他的空间和时间。

而弇却知道这没有气味的气味，没有时间的时间。

薄暮惊鸿

二、朝歌

那天之后，弇再也没见到所谓的叔叔了，也再也没见到长胡子的大师父了，倒是相每天都会来看看他，看了就走。而听訞则天天黏着他，让他讲这讲那。有时候也觉得挺烦的，但没办法，人家毕竟是他的救命恩人。

不过，弇也从听訞那里知道了许多关于叔叔家的事情。叔叔世代共工，共工算是朝廷里的大官，仅次于上相，至于年薪就更不用说了，朝歌以东的大片土地都是他的，一直到与烈山交界的地方。但在家庭生活上，却不是很如意的，找一个老婆，生了相，死了；再找一个老婆，生了来，又死了。诸侯们知道了，想将自己的女儿嫁给他，又怕将自己的女儿嫁给他，很是矛盾。明摆着一个有权有势的金牌王老五，却没人敢攀附。

坊间甚至传言，连被他看上的妓女，没几次，那妓女也莫名其妙地死了。病又不像病，到了最后，即使跨进妓院，也没人敢接待他了。总之，在他看来，今生和女人已经无缘了。

好在他也很有意志力，无缘就无缘，不想还不行吗？于是，便把所有的精力都放在工作上，整天四处勘察，折腾山河。

"你说真的是因为叔叔的精子太大粒，把女人都给噎死的吗？"弇问。

听訞的脸唰地红了起来："你有完没完。"

弇笑笑地看着天花板："逗你玩。"

听訞一咬牙，跑了，剩下㸟一个人看着屋顶。那木板整整齐齐的，每块都一样大，一样长，怎么会这样呢？那要多大的木头呀？

㸟活动活动手脚，发现好多了，看来不久就可以下地了，可要是好了，该干什么呢？总不至于真的和相、来他们一样游手好闲吧？毕竟不是自己的家呀。想到这，便搜索自己有哪一方面的能力。书吗？虽然作为族长的嫡孙，被逼着读了一些，可要说能用上，恐怕还差得远了。舞刀弄枪？每次都被同伴打得七荤八素的，怕也不行。像巫师那样装神弄鬼？可自己真的不知道神在哪里，更别说通神了，又怎么糊弄人呢？天哪，我能做什么呀？怎么以前都没想过呢？煮饭？砍柴？挑水？这随便一个用人都会。难道真的要做听訞的用人吗？鬼才做，好歹自己也是族长的嫡孙啊。

"那就做别人做不到的事情吧。"一个老者的声音。

㸟吓得从床上坐了起来。"别动别动，我看看。"白胡子大师父进来。

"别碰，你太可怕了。"㸟说。

"我怎么了？"大师父没有停下，三下五除二解开了绑在㸟脚上的树皮，"下去走走。"

㸟将信将疑地把脚伸到地上，站起来，跨出去。

"跳跳。"老者说。

"真的假的？"㸟狐疑地看着老者。

"跳，断了我再帮你弄。"老者诙谐地说。

弇轻轻地跳了跳，没事，再跳，使劲跳，如初，一下高兴得把刚才的烦恼都忘了。他一把抱住大师父，忽然趔趄了一下，抱了个空，这下吓得不轻，才想起刚才的事情，问："你怎么知道的？"

"知道你心里想什么？"大师父笑笑地说，"气味。"

"真的？气味能知道人的想法？"弇不信地看着大师父，那神色不像在说假话。

"你不是也知道了？"大师父赞赏地看着弇。

"知道什么？"弇不明就里。

"我的想法呀，你心里说，我没有说假话。"大师父说。

"啊！天哪，太可怕了。你怎么做到的。"弇打心里开始把大师父看作高人了。

"就像你能够闻出我身上的气息一样，每个人身上都有，光闻不够，你要学会读懂这些气味。"老者说，"来吧，去我那，我教你。"说着转身便走了。

弇一边跟着，一边问："我为什么要学气味呢？"

"你不是觉得自己无用吗？"大师父说着，脚步没有停下来，轻得像猫一样，快得像豹子一样。

大师父的住处在共工府邸的最深处，那是一个独立的院子，不大，却很幽静。庭院里种着花花草草，五颜六色，各种气味纷呈。

到了堂屋的室内，大师父先坐了下来，示意弇也坐下。他问："说说，刚才进来闻到几种气味？"

"啊？啊！"弇愣在那里，脖子开始红了起来。

"没注意是吧？现在闻。"老者说。

弇真的开始闻了，而且还真的闻到一阵阵的香气，而且每一阵的香气都不是一样的，有的带甜，有的带酸，有的浓烈刺鼻，有的想要逃开你，就像幽幽地转身离去的一刹那。"天哪，真的呀。"弇高兴地脱口而出。

"安静！"大师父说，"感觉到空气的变化了吗？"

弇闭起眼睛："你让人端茶？"

大师父捋着胡须，笑笑地看着弇。一会儿，一个用人真的端着茶盘走了进来。

这是一个中年妇女，微胖，端着茶，先到了大师父面前。大师父示意停下，对着弇说："奉茶！"

弇不明白地问："怎么了？"

用人转身对弇说："还不快点，叫师父。"

"啊！"弇跳了起来，麻利地端起茶盏，单膝跪地，双手捧给大师父，叫了声，"师父。"

大师父高兴地接过茶盏，对用人说："下去吧。"用人将另一杯茶放在弇的桌上，转身退出。一只脚刚跨出门槛的时候，弇忽然对用人冒出一句："你生气了？"

"没你的事，去吧。"大师父对用人挥手，然后严肃地对弇说，"不得造次，每个人都有无法说出的苦衷，不能随随便便将人的心里所想道出，否则，就是伤人，比刀剑砍人更甚，明白吗？"

"是，师父。"夆羞愧地低下头。

"这不是好玩的事情，做得不好要断头的，所以你今后即使知道了也不能说出来。"大师父说。

"是，师父，我知道了。"夆说。

"我呢，这六十年陆续收过一些弟子，你之前有巫即、巫朌、巫彭、巫姑、巫真、巫礼、巫抵、巫谢、巫罗几个师哥，记住了，缘分到了便可以相见。师父叫巫咸。"大师父说。

"是。"夆恭敬地说。

"这里有两本书，《药典》和《神典》，拿去，记住了就把它们烧掉。"大师父说。

这两本书还是崭新的，像是大师父刚刚誊写出来的。

夆双手接过，揣进怀里。

大师父又拿出一个纵横十九路的石头棋盘，两罐黑白的玉子，一本棋谱。"这是一副棋，没事自己摆摆，记住自己下的每一步，每一个时辰只能下一招，可以想很多招，但只能下一招，结束了把棋盘拿回来摆在这。"大师父指了指墙角的棋桌。

"是，师父。"夆捧过棋盘，恨不得马上回到自己的房间摆上一局。

大师父挥了挥手说："去吧，不是一局，是一招，一个时辰一招，不能悔棋。"

夆高兴地回到自己的住处，关上门，开始玩起围棋。

夆刚摆好棋盘，准备下子，忽然想起刚才答应师父的话，一个时辰只能一招，隐隐然有些扫兴。举着棋正在那里犹豫，忽然听到敲门声，他朝门口闻了闻，闻到一股熟悉的气味，知道是听訞。

"我进来了。"听訞叫着，推门进来，"刚才去哪了？啊！你的脚都好了？"

"都好了，呵呵。"弇回答，手上还拿着黑棋子。

"你在干吗呢？"听訞看到棋盘和弇手上的棋子，"你在下棋啊！下吧下吧，我看看。"

弇把棋子放入罐子，盖上，看着听訞，忽然感觉听訞就像一粒落向地面的棋子。

"起来，我看看。"听訞叫着。

弇站了起来。

"走一下。"

弇走了起来。

"啊，真的好了，太好了，走，我们去玩。"听訞说着，拉起弇的手，转身就往门外走去。

弇也想看看共工府，毕竟来这么久了还没出来走走，万一发生什么事都不知道该往哪里跑呢。

出了他住的庭院，后面并排有两个庭院，一个是来住的，一个是听訞住的，而相住在他的前面一个院落。沿着大堂的另一边也这样并排着几个庭院，是共工康回的书房和起居室，一般人不得随便进入。这些庭院围着一个花园，花园是一座不大的小山，山下一口月牙形的小石潭，里面有鱼，看着水面上鱼咬出的水花，弇知道这些大都是小鱼。

弇闻了闻周围的气息，点了点头，这是一个发情的季节，甚至连石头都是湿漉漉的。

"想什么呢？"听訹看着默默微笑的弇，弇的脸一下红了起来。

"啊，我知道了。"听訹叫了起来。

"你别乱说。"弇赶忙转移了话题，因为他忽然嗅到了听訹身上散发的不一样的气息，"可以到外面走走吗？"

"当然可以。"听訹带着弇往大门走去，正走着，身后传来来的喊声："小妹。啊，你也可以起来了？看看看看，太好了，我带你去玩。"来说着，三人活蹦乱跳地向着大门走去，还没出大门，忽然门外进来几个巨人，合抬着一只狡。狡身上是豹子的皮，长着一颗狗头，叫起来也和狗一样，汪汪地吠着。紧接着，大门外传来康回哈哈的大笑声，接着便看到穿着火红的大氅的康回大步走进来。忽然看到弇，他停了下来，上下打量着，然后说"下地了？来来来。"说着径直往里走去。

康回叔叔的身上都是水的气味，好多种水的气味，死水，活水，还有雨水。

来向弇使了眼色，小声说："你去，改天带你玩。"

听訹也小声说："你去吧，我一会再找你。"

弇几乎小跑跟着康回到了他的院子。那是再简单不过的院子，除了铺着整齐的石板，什么也没有。进了他的房间，就是一张案桌，一个坐垫，背后一个书架，再没有其他多余的东西，甚至连一块客人坐的垫子都没有。

康回进了房间，便有人上前替他脱了大氅，然后大大咧咧地坐在自己的坐垫上。看着傻站的弇，他又是一阵笑声：“哈哈，不错不错。还习惯吗？”

“嗯。”弇点点头。

“说说，会什么？想做什么？”康回说着，眼睛直盯着弇看。

“不会。什么都不会。”弇怯怯地说着。

“好，好呀，这才是我们家族的。”康回高兴地叫着，“我就说嘛。”

弇越发的傻了，这时，一个用人快步上前，在康回的耳边小声说着，康回重重地拍了一下桌子：“好呀，太好了。走，这么巧。”说着站起身来，咚咚咚往客厅的大堂奔去。

弇不明所以，仍愣在原地。一会儿，用人返回来，恭敬却急切切地说：“公子，请吧！”

“哦，哦。”弇应着，跟着小跑出去。

还没到客厅，便已经听到康回大声地叫着：“老哥你怎么知道我回来了？”

还能不知道吗？冲着这嗓门，恐怕整个朝歌城都知道了。弇刚走进大厅，康回便风一样地到了弇的身前，将弇的上衣脱得精光说：“看，老哥哥，看看。”仿佛弇就是一件工艺品一样，那外衣只是包装盒罢了，想打开就打开。

那座上的头发花白、衣着考究的老者缓步上前，将眼睛紧贴着弇的背脊，呼吸开始急促。

“祖宗啊，这是哪来的？纯，纯啊！”老者也不再斯文，跟着康回叫了起来，仿佛发现了世界奇迹似的。

"相捡回来的。"康回说。

"这也能捡到啊？这样吧，让他到我的朱襄军去锻炼锻炼，如何？"

"不急不急，你看他现在瘦干干的，等在我这长膘一些，一两年吧，如何？"

"好。"老者笑眯眯地看着拿，仿佛在欣赏一件宝贝，一边还不断自语着，"纯，纯啊。"

"赶快把衣服给穿上。"老者对身边的用人说，"对了，谈正事。"

"你们先下去吧。"康回对拿他们说。

他们的身上散发出一环套着一环的缜密的气息，这气息很陌生，是拿第一次感觉到的。

拿刚出客厅，便看到边上听訞在招手。

听訞是个还没熟透的女孩，胸部只微微地隆起一点点，所有的事情都还是似懂非懂的。

"你还在这呀。"拿笑着向听訞走去。

"我说了在外面等你呀。"

他们一起来到街上，这是拿第一次不带疼痛地看着这条街，中午的太阳直直地照着，那黄垩石的地板和门楼被照得微微透明，仿佛柔软了许多，又有些不真实的感觉。每个门前的雕塑，此时就像充了血一样，活灵活现的，引得拿每到一个门前，总是有想要跪拜的欲望。

听訰怕被人笑，每每拦住说："你干吗？你知道这里有多少这样的雕像吗？走一步跪一下，什么时候走到头呀？"周围的行人看着夲，在那里窃笑着。

"从小开始，习惯了。可我们那只有山顶一尊石像，这里怎么就这么多呢？"

"这里都是各个地方来的，当然多了。"说着，听訰牵着夲往山上一直跑去。

这整条街都是超大的院落，一条街也就是那么一两个大门，其余都是围墙，可以听到围墙里面的笑声。

他们一条街还没走完，那长长的仪仗队就过去了两三队，都是巨人开道，后面是旗幡，接着是车马，最后又是全副武装的卫兵。"这也太夸张了吧？他们都是干吗的？"

"当官的。"听訰说，"不这样很没面子，你知道这一个队伍有多贵吗？"

"这还要钱买吗？"夲有点不理解。

"当然，没钱买谁整天跟着你的车马跑呀？"

说的也是，只是这么跑一趟有这必要吗？只为了人看一眼？

夲不理解的事情太多了，所以这一路走去，周身都散发着浓浓的土气，这土气来自他的注意力，仿佛什么都是新鲜的。作为这里有教养的子民，一般是目不斜视，而且，脸上必须带着不是故意伤人的那种鄙夷。夲的脸上没有，或者说还没有。

走了将近一个时辰，夲累得就地坐在一家的门前，那大门顶上是个三面的人头。夲的屁股还没坐稳，身后便上来一个巨人像拎小鸡一样拎起夼丢了出去，听訸想制止都来不及。

听訸把夼扶了起来："你也真是，什么地方不能坐，偏偏坐在上相府门前。"

"上相府怎么了？很大的官吗？"夼不服地说。

"这么说吧，除了王上，没有比他大的官了。"听訸说。

"那你不早说。"

"我怎么知道你走着走着就坐下来呢？"说着，便看到临近山顶的拐弯处有一个大牌子，写着"如意堂"三字。听訸拉着夼跨了进去。

这餐厅里的伙计清一色都是白发的年轻人，而且清一色地穿着白的长褂，周围没有桌子，没有顾客，只有这些白大褂飘来飘去的，怎么看都不像餐厅。

"我们这是干什么？"夼不解地看着听訸。

"吃饭。"听訸牵着夼继续往里走去。

见到听訸，一个白袍很远就迎了上来。"小姐来了，啊，还有公子，是和大公子他们一块呢，还是另外开一间？"

"我就知道他们也在这里。不，我们自己开一间。"听訸说着，牵着夼继续往里走。

"是，这边请。"伙计说着，在前面引路。这一楼的大厅宽得难以想象，除了黑色的柱子、白色的墙和柱子上黄色的灯，再没有其他饰物，只有白衣服的白发伙计东一个、西一个地忙碌着，也不知道忙碌什么。

他们来到一根柱子边上，伙计按了下柱子上的按钮，整个地块陷了下去，他们就像在一个箱子里，横竖飘移着，然后停了下来。打开门，是一个宽大的榻榻米房间，只在房间的中央摆着一张方桌，边上有两个垫子。

先前的景象已经让夐目瞪口呆了，进来看到一尘不染的空间，且这么大，更是吃惊，朝外的一面没有任何遮拦，只一围粗粗的黑色窗框框住外面的景色。那是整个的朝歌城。原来，这餐厅是在靠近山顶的地方，一间间的包间沿着山体排列而下，互不干扰。太妙了。夐心想，走上前去，一摸那窗户，更是惊讶，原来是薄薄的一片透明的琉璃晶片。

听訹低着头在那里翻着牌子，都放在一个精致的木盘上，上面是写着菜名，你只要翻动一下就好。

点好菜，听訹来到夐的身边，指着山下的宅子："那个是上相府邸，就是你刚才坐的地方。那个是春官府邸。远处的那所有着黑塔的，是祝融的府邸。"

"看不到你们家。"夐找了半天也没找着。

"那是在山的另一边，来吧，准备吃东西。"听訹拉着夐坐下，自己在夐的对面坐着。

这时，伙计小心翼翼地端来两杯似酒非酒、似茶非茶的餐前饮料和一碟干果。夐开始习惯性地闭起眼睛，闻着饮料和干果，感觉饮料的气息很活跃，而干果的气息很严实，连带也闻到听訹的气息变化。夐闭着眼睛说："你想喝就喝吧。"

"你怎么知道？"听訹警觉地瞪大眼睛。

"啊，没什么，随便说说。"夐说着睁开眼睛，忽然觉得眼前的东西都蒙着一层薄薄的光晕。

"你今天怎么了？感觉怪怪的。"听訧说。

"没什么。"弆拿起杯子，喝了口饮料，好喝，微甜，带着果子发酵的香醇，"这是什么？"

"宜子孙。"听訧大大咧咧地说着。

"什么宜子孙？什么意思？"

"这饮料叫宜子孙，是树上的果子酿的，好喝得很。"听訧也端起来，小小地啜了一口。

"那这果子呢？"

"这是丹木果，你也吃吃看，很香的。"听訧说着，剥了一粒送到弆的手里，"这丹木果属垩山的最好吃了。"

这话说的，不就是一粒果子吗？有必要这么玩弄吗？我一天在山上不知道要捡多少来吃呢，而且不花钱。但弆却说："你懂得真多。"他心里还在不停地骂着这朝歌城，至于吗？有必要吗？至于吗？有必要吗？

"这算什么？过一阵子你也会都知道的，我刚来的时候也和你一样。"听訧说。

"你不是叔叔的孩子吗？"弆诧异地问。

"谁说不是？"听訧说，"当然是，我是他的义女，知道吗？"

"义女？那就不是了，不是叔叔亲生的。"

"谁说一定是他亲生的才是他的孩子？我来的时候已经五岁了，是我姑姑把我接过来的，我姑姑就是来的妈妈。这下明白了吧？"听訧一边吃着干果，一边说着，"说说你吧。"

我什么呢？奔想，从小到大都在烈山，最多帮助母亲做做家务什么的，剩下的就是和族里的堂兄弟一起闹，便说："说起来真没趣，而且他们都不在了。"

"啊，那就不要说了，有好玩的事吗？说好玩的事吧。"

"好玩的？有啊，这样吧，你起来，站那，对，左手抓着右耳朵，右手指着地面，对对对，转圈，转，看你能转几圈。"

听訴按奔说的转了起来，还没转三圈，放开手，便觉得地板掀了起来，心里想站直了，可人却偏偏歪斜着倒了下来，嘴里"啊！啊！"地惊呼着。

"哈哈哈，好玩吧？"

听訴从地上起来，一脸的懵圈，忽然看到奔的坏笑，明白自己被耍了，大叫着冲向奔，掐着奔的脖子，将奔按倒在地："敢耍我，敢耍我，掐死你，我掐死你。"

不一会儿，奔像泄了气一样，瘫软在地。听訴一探鼻息，居然没气了，吓得跳起来，举起一只手，正要一巴掌扇下去的时候，奔笑着跳了起来。

这时，伙计端着一个盘子进来，他们停了打闹，坐了下来。

伙计到了桌子前跪了下来，小心翼翼地将托盘靠在桌沿上。

托盘里是两个黑釉的方盘，方盘上各放着一块豆腐大小的晶莹剔透的鱼肉，鱼肉上浇着暗红色的汁液。

伙计放下盘子，悄无声息地退了出去。

听訴看着伙计退出去，拿起桌上的餐刀对着奔说："你如果再敢耍我，信不信我真掐死你？"

"不敢不敢，这是什么？"

"不痴。"

"都是什么呀？怪怪的，我说这是什么鱼？被他剥得根本看不出来了。"

"人鱼，吃吧，很好吃。"听訞切了一小块放在嘴里，慢慢嚼着，"嗯，这是决水里的，最好吃的就是腿肉。"

夼一口将半块鱼肉放进嘴里，还没来得及品出味道，就咽到肚子里了。

"天哪，你一口吃掉一家人半年的伙食了。"听訞叫了起来。

"啊？"夼的嘴合不拢了，"怎么可能。"

"怎么不可能，一个家庭一个月的伙食二十个刀币就够了，一年也就是两三个金币，这一盘就是三个金币，你一口吃去半块，难道不是人家半年的伙食吗？"

"啊！这餐厅也太狠了。"

"谁说不是呢？"

"那你还吃？你哪来这么多钱？"

"谁说我要钱了？"听訞得意地又叉起一块鱼肉在嘴里慢慢嚼着，"这是叔叔的餐厅，你不觉得这些伙计似曾相识吗？"

"是啊！我就觉得奇怪，怎么装束都和师父一样。"夼说。

听訞一下子放下刀叉，盯着夼："师父？你说师父？你说巫咸那老头收你做弟子？"听訞惊讶地怪叫着，嘴里含着鱼肉。

"干吗呢，把鱼肉先咽下，咽下。"夼笑笑地说。

"真的假的？义父养了他几十年想做他的弟子，这老头死活不肯，你倒好。"听訞无比羡慕地看着弇，"那你还愁没钱吃，这里的老板就是巫咸，义父只出钱，不管事，挣得钱都是那老头的。"

"师父要这么多钱干什么？"

"这就多呀？相对于你师父的产业，这只是牛身上的一根毛。知道富可敌国吗？"

"不知道，什么意思？"

"就是甸服、绥服、要服甚至荒服每年所有的年贡合起来，还没你师父的收入高呢。"听訞一边扫着盘底，一边说着，"吃吃，大块吃，你不早说，说了我就多点几份。"

这时另一道菜来了，是一只黄鸟的胸肌，出自轩辕之山，传言说怎么怎么好吃，还不如炸鸡块来的香。

这一餐吃下来，要用将近二十个金币。当然，听訞吃完手一拍，在伙计的本子上按了个手印就了事了。临了，伙计翻开另外一页，让弇也按下手印，说是掌柜交代的。

三、豪族

回到共工府，发现大门外停着很多车马，车上绣着各种的标志，比如朱襄氏的红色火焰、祝融氏的红龙、骊侯氏的白色神驹、尊卢氏的黑色大鹏、中央氏的黄色三面人头、王家的金色巨蟒等。

除此之外，车前车后站着满满的卫士，有金甲，有银甲，有铜甲，有蛋青，有群青，有钛青，各自彰显着主人的威严。中间只剩下一个通道。

"怎么这么多人？"听訞自语着。

夅从队伍中走过，能感觉到那些人来人往的气息，就像太阳照着水面的水蒸气，蓬勃，充满活力。

那些只能守在门外的豪族的甲兵和家丁奇异地看着夅，因为他们从来没见过他，但看夅的服饰，又和相、来一样，披着滚金的暗红色，绣着鸟身龙首的大鼚。

夅刚迈进大门，相就从里面出来说："早上去看你，见你不在，我想你的脚已经好了。"

夅点点头问："相，他们都干什么呢？"

相看看周围："都是来祝贺的，父亲这次出去几个月，治水有功，王赏赐了一匹驺吾，大家听说，都来一睹，也兼着祝贺。"

"是吗？在哪里？我也去看看。"听訞高兴地叫着。

"你现在去凑什么热闹，现在都是大人们在那里，改天我们带出去骑。"相向着街上瞧了瞧，"你们先进去，等下我到你院子来。"

"好。"夅应承着，和听訞往里走。

今天府里的巨人都出来了，这些巨人多来自雷祖氏的东方部落，为人忠诚、孔武，据说是雷神的后代。一般的府邸根本请不起他们的，何况一批几十个的请来，整个朝歌城也就两三家有这底气。

这些巨人一个个腰板挺直，夹道站立着，怒目圆睁，面无表情，就像两堵肉墙。

夆回到自己的院子，侍候他的两个用人阿卯和阿癸上来，一人端茶，一人卸去夆的外套。他们两个年龄和夆相仿，阿卯来自罪臣之家，阿癸来自赤水，原先是跟着听訞的。

阿癸问："公子，你想入浴吗？"

"好，你帮我打水吧，早上刚拆了药，也想洗洗。"夆说着坐了下来，从怀里拿出《药典》，忽然想起今天还没下棋，闭着眼睛想：先下角呢还是先下天元？忽然又闻到阿卯传出的阴郁的气息，抬头问道："你是不是心里有事？"

阿卯吓得跪在地上："我什么事情做得不对吗？"

夆赶紧起来将阿卯扶起，想起师父说的，不可道破，便歉意地说，"没有没有，只是感觉到你有事。起来，起来。"

阿卯起来，眼泪哗哗地落下，啜泣着说："阿姊被卖到上相府，早上听说投水死了。"

"啊！别哭别哭，啊！"夆忽然想到烈山的家人，想他们一个个也都是被淹死的，不由得悲从中来，号啕大哭，把阿卯、阿癸给慌得一个捶背一个擦泪，不停地安慰着。

"你们这是怎么了？"相从门口进来，看到这三人哭作一团，便觉得诧异。

阿卯、阿癸赶紧站了起来，躬身站立在边上。夆抹了一把脸，忽然笑了起来："没什么，突然想家了。"

"哎，别想了，这就是你的家。这几个月我也四处打听了，一点音信也没有。"

难道不是吗？谁可以在水里泡个十天半月的不死？夽想。

"我知道，谢谢相弟。好了，我要洗个澡，早上刚拆的药，有点难闻。"夽说。

"好吧，你洗吧，也没什么事，就是想晚上我们和来一起去外面喝两杯。"相一边说着，一边往外走。

"好。"夽回答着，泡到浴缸里了。

等他从浴缸里出来，换上衣服，听得外面喧闹声。问阿癸，阿癸说："主人正骑着雏吾在兜圈呢。"

夽正要往外走，来和相刚好进来。"准备好了？我们走。"相说。

"去哪？"

"不是说好了？吃饭啊！"相说。

"也太早了吧？"

"去那还有一段路，早去早回，而且已经约了人了。"来说。

"好吧。"反正现在什么都不懂，去哪儿还不都一样，且跟着。

夽跟着他们到门口，那里已经等着三匹鹿蜀，来回头问夽："骑过吗？小心些，有点快。"

"没有，只骑过马。"夽说。

"还是有些不一样的。"相说。

"那好，走吧。"来说。

他们三个跨上鹿蜀，刚踏上马镫，鹿蜀就飞也似的奔了出去，跑了一段路，相回头看夽的坐骑，怎么空空的，忙叫来停了下来，回头寻着，弇还坐在地上没起来。

来哈哈大笑："我说大哥，你这是怎么了，不是看你已经坐上去了吗？"

弇觉得实在难堪，明明已经坐上去了，怎么一屁股就坐到地上来了？"我也不明白，很像坐在一阵风上。"

"这样。"来示范着，"坐上，牵着缰绳，双腿一夹它的肚子，它就跑了，人要往前倾，它速度很快的。"

弇按照来说的，坐好，肚子一夹，鹿蜀便飞了出去，感觉眼睛都睁不开，别说看风景了，几乎什么也看不见。也不知道跑了多久，忽然觉得不对，这是到哪去啊。忙勒住缰绳，看看身后，远远的两骑鹿蜀飞也似的奔来，到了弇的身前急急地刹住，已经满头大汗。

来叫了起来："大哥，你这是往哪跑呀？反了，哎！我们先走，你跟着，轻一些夹，它就不会跑那么快了。"

"好的好的，我真笨。"弇说。这回干脆和他们并排，他们慢，他也慢，他们快，他也快，很快便学会控制了，不一会儿，也和他们一样风驰电掣起来，只听得耳边呼呼响，边上的树木花草被拉成了一条条五颜六色的线条。

入秋的西山已近萧瑟，那些山头伫立在高原上，就像一颗颗巨大的人头排列着，忽然有一种宗教的仪式感。天空蓝得出奇，而且高远。夕阳从背上射下来，把奔跑的身影拉得长长的。

这一路跑来，先是树林，接着高原，接着流沙，沿着流沙边缘，一直到能够看到远远的一座山城，鹿蜀已经跑了快一个时辰了。到了山城的近处，太阳已近落山。

山城前面横着一条宽宽的黑水，说是黑水，其实只是河床乌黑乌黑的，水流很清澈。

他们降下速度，来到城中。这山城比朝歌要繁华得多，朝歌到处都是大宅子，是一个豪宅城，而这里却生机勃勃，到处是吆喝声，各种肤色、装束的人络绎不绝。太热闹了，街道上招牌林立，当铺、商号、餐厅、妓院比比皆是，但感觉街上看不到真正大气场的人。弇想，这里没有达官贵人。

那些来往的人忽然看到他们三个骑着鹿蜀走在街市上，都纷纷躲开。因为他们知道，这一只鹿蜀的价格相当于五六十匹好马的价格，可以买一座中上的宅子了。人撞了可以赔得起，把鹿蜀撞了可是赔不起的。

他们来到一所写着"甘木堂"大字的楼前，有三个嫣红劲装的女子上前接过鹿蜀的缰绳。这时，大门边走下两个艳服少年，一个黑色大氅，文着红龙图案，一个紫色大氅，绣着白色神驹图案。紫色大氅的少年壮实，白皙，五官端正。黑色大氅的少年清瘦，鹰钩鼻子。

来三步并两步上前，和紫色大氅的少年勾肩搭背，向他们介绍："这是我大哥，弇。大哥，这是骊玄，这是燧鹰，好哥们。"

燧鹰和骊玄同时躬身："大哥好。"

弇也躬身作礼，感觉很不习惯，远没有在烈山的时候自由自在。

弇闻到燧鹰和骊玄身上狐疑的气息，还不等他们问来，便先说了，"我是烈山的，是相弟捡回来的。"

相和来忽然都觉得不好意思。

龠也不管他们，自顾自地说着："如果没有相弟，我可能早就死了。"

"大哥，别说了。我们进去吧。"相忙制止住，说着转身对着燧鹰他们说，"抱歉，让你们久等了。"

"哪里哪里，相哥客气了。"骊玄说着，带头往里走。

走道的两旁站满了艳妆的女子，扭捏作态，一路勾引着顾客。

来到大堂，见立柱都是汉白玉砌的，足足五层高。顶上由透明的琉璃板镶嵌而成，投下绚烂的天光，如梦幻般。

大堂的左右和正中各有一个宽大的楼梯，铺着锦绣的地毯，那楼上的回栏上也站满了艳妆的女子。

这是妓院啊，哪里是吃饭，龠左看右看，心想。

他们来到三楼的一个大间，里面摆着五张小几，席地而坐。这时，跑堂的进来在骊玄的耳边小声地说了几句话，骊玄点了点头。一会儿，一排艳妆的女子进来，排成一排，任大家挑选。

骊玄让相先来，相让龠先来，龠嗅了嗅，发现一排中只有一个女子的身上没有发情的气味，便挑了她，其他一概不要。于是，来便多要了一个侍候。

侍候龠的女子衣青衣，皮肤很白，像珍珠，感觉健康紧实。话不多，也不嗲，只默默地在边上帮着龠夹菜斟酒。看其他几个，已经被边上的艳妆女子你一言我一语地灌下了不少酒。倒是骊玄目光冷静，时不时地看向龠的这一边，两边目光一对上，他便眯眯地笑了笑。

他们在一起交头接耳谈得最多的便是女子，哪个哪个青楼刚来了一个什么女子，或是哪个朝廷命官前几天趴在谁的身上死了，害的那女子被卖到荒服之地去。说得大家哈哈一笑。侍候来的女子已经喝得梨花乱颤，附在来的耳边说了几句话，把来逗得一把抱起女子跑到里间，接着屏风后面便传出乒乒乓乓的声音，引得男男女女在外面狂叫。

这时，燧鹰把身边的一个女子推了出来。"安静，安静，唱，唱。"燧鹰叫着。

那女子踉跄着站了起来，到门口叫来几个乐师，便唱起《莲塘》：

出我莲塘
适彼流光
心有所动
左右彷徨

出我莲塘
适彼苍茫
心有所归
遍体鳞伤

出我莲塘

适彼温凉

心有所念

昼短夜长

　　大家都在和唱，来已经从里间出来，跟着节奏手舞足蹈，然后脖子一歪，醉倒在一个女子身上。燧鹰也醉得到处找自己的衣带。弅还是默默地一杯一杯地喝着，闭着双眼，嗅着大家的气息。

　　边上的青衣女子朝他耳边悄悄地说："你弟弟醉了。"

　　弅说："知道了。现在几更？"

　　青衣女说："三更。"

　　弅睁开眼睛，看到相也醉了，趴在桌子上呼呼睡着，只剩下骊玄向他举杯示意，每每都是身边的青衣女子替他喝了。到了将近天明，连骊玄都醉了，只剩下青衣女和弅对酌着。

　　弅问："你还能喝多久？"

　　青衣女说："三天三夜，你呢？"

　　弅说："不知道，头一回。"

　　要换作其他女子，恐怕要笑话弅了，不但土气，更不懂风情。但青衣女没有。一直到第二天晌午，等大家都醒来，看到弅和青衣女还是你一杯、我一杯地喝着，大家都大感惊讶。骊玄叫来了甜汤，让大家喝下，洗了把脸，相互搀扶着，到了门前各自作别。

　　弅扶着来："你还能走吗？"

来说："没事，没事，你整晚上喝的是酒吗？"

夲笑了笑，也没回答。

他们各自跨着鹿蜀，慢腾腾地回到共工府，已经接近第二天黄昏了。

四、王畿

清晨，康回从府邸出来，用人已经牵着鹿蜀在门前等候，他跨上鹿蜀，便向着王畿奔去。

他的同事们骑马的，至少要提前一个时辰，康回则只要不到一刻钟的时间。

出了朝歌，便是一条宽大的王道，这王道南到交趾，北及天山，东抵泰岳，西至流沙，将王畿嵌在中间。说是中间，其实是偏向中洲的西北隅。

王畿建在昆仑丘上，什么时候建的，没有人说得清楚，都说是天皇时期建的，算起来有一亿多年。相信的人很少，但是看看那些城墙宫宇，仿佛又可信了。因为那些石头经无数年月的风雨侵蚀，已经黑得像铁一样，那些道路，光滑得像镜子一样，车辙的痕迹已经深深地刻在道路上。

通往王畿的王道上，那些早起的官吏看到从眼前一闪而过、绝尘而去的达官，无不恨恨地伸出中指，心里念叨着，赶死啊！每一天都这样，每一天都骂着，仿佛骂完真的可以让这些达官归西，好空出位子自己坐一样。这已经成了惯例，也确实有些达官被骂得归西或是被流放。

康回也逗趣，每每经过那些烈马身边的时候，都会狠踢鹿蜀，让它"瑶瑶"地大叫着。这时，那烈马便惊得立了起来，一不小心，那背上的官员便被掀到地上，引得周围发出一连串的大笑，那声音最大的莫过于康回了。

像祝融、燧留、朱炽这些老臣，更是奢侈得用三四匹鹿蜀拉车，那车轮简直来不及着地便已经飞了过去，只苦了那些劣马，尤其是雨天的时候，一路上总是一惊一乍。

王畿的西面是弱水，那水弱得连羽毛都浮不起来，不仅宽，而且深，看那直入云霄的昆仑，迷茫得仿佛和这个世界不在一个时空中。王畿的北面和东面分别有大江和大河流经，北面湍急，没有人渡得过，因而能进入王畿的，只靠着东面河上的铁桥。至于南面就更不用说了，那是一带万丈石壁，石壁下是一望无际的流沙，那流沙直接翻滚到西海。

无论从生活便利还是行乐逍遥来看，这王畿就挑不出一件可以称道的，可亿万年来，一茬又一茬的人，而且是绝顶聪明的人，前赴后继地入主王畿，若干世代后，又无一不像一条条被阉的野狗，留着一只只能小便的鸡鸡流落天涯。

但天底下的豺狼虎豹无不乐在其中，即使被阉，也是快活的，是可以千古传唱地被阉。

康回的鹿蜀过了天桥，进入天门，便是一个夹城。他把鹿蜀留在夹城，徒步向着内城走去。这内城大得没边，光城门到半山的宫殿，紧赶慢赶、上坡下坡就要走你大半个时辰，年迈的官员在这样的行程中有一种痛不欲生的感觉，而且这样的感觉随着年龄的增大愈发强烈，所以，历朝历代那些死谏的朝臣，无不是在这条路上走得腻烦的。

早朝钟声响起，官员们气喘吁吁地跑进朝堂，朝堂既高又深，你远远看到的只是一只火柴盒一般大小的王座，王座到大臣们站立的地方，足足有五十步远，且是石阶，即使是百米跨栏冠军来刺杀，也得跑个十秒八秒的，更不用说普通人了。

站在臣的位置看王，那是小人，是高高在上的真小人。从王的位置看群臣，何尝不是匍匐在地的一群结帮结党的小人呢？光从这视觉误差来看，真的是朝堂无君子了。

但这建筑视觉上无论如何的误差，听觉上却出奇的平等，无论王的话，还是群臣的奏报，仿佛声音被放大了似的，就在耳边。

所以，只要声音像，无论谁坐在王位上，大臣们都认了，因为，只要王没有私下召见过的，都不知道王究竟长得怎样。

像康回这样的大臣当然被王私下召见过的，当今的王是个十几岁的孩子，羸弱，白皙，眼神神经，声音尖细，就像从来没有发育过的公鸡。据说，他的祖上从五龙纪手上接过这个王位的时候，可是连雷神都拿他无可奈何的，也就传个十七八世，竟变成这样了。

共工康回位列人臣第一排，左手边是上相，右手边是祝融。祝融、燧留和康回早就到了，上相中央直还在路上，毕竟是三朝元老，腿脚已经不便了，不得不坐在中途的石阶上喘着粗气。

内官喊"王上驾到"，朝臣整齐地趴下，高呼"万岁"。大王挥手，高呼"平身"。群臣谢王上。

王咨询上相："直爱卿，治水的事情怎样了？"

静穆。

王提高声音："直爱卿，治水的事情怎样了？"

静穆。

王不乐，康回心里乐着。

王三呼："直爱卿！"

依旧静穆。

这中央直不但三朝元老，而且祖辈都是上相，在治理朝政上有一套，不但历代的君王能够接受，百姓也能接受，因此，甚得天下人的爱戴。但也因此，他有时候便在年轻的王面前摆点脸色，仿佛这天下离不开中央家一样，引得王常常郁结在心。每每，王还是从大局出发，隐忍了。

今天也一样，王耐着性子，伸长脖子望向朝堂，内官也伸长脖子，左瞧右瞧，似乎第一排少了一个人。

王对内官说："似乎直爱卿没来。"

内官说："大王英明。"

王："算了，康回爱卿，你是经办，说说治水怎么样了？"

康回禀："东面水患已解，然人民流离失所，路有饥殍。南边水患未彻底解决，此次回来就是和上相商量。"

王问："商量如何？"

康回答："还没好。"

王："为何？"

康回答："上相体弱卧床，不便。"

王实在无法再忍了，当场吩咐内官："拟旨，着康回为上相，全权处理水患。"

康回刚跪下，只听门口中央直大叫："臣来了，臣来了。"

王关心地问："直爱卿无恙？"

中央直答道："无恙，无恙。"

王依据面对内官："无恙就好，内官拟旨，着中央直在家静养，允许不朝。"

中央直大叫："王上，王上且慢。"

王不理："众爱卿，有事奏来，无事散朝。"

群臣又是齐刷刷地跪倒在地。

完了，中央直想，有的时候不能玩得太过火。中央氏不为上相的，恐怕这千年来就他一个中央直了。中央直觉得愧对王上，愧对祖宗，愧对天下人。想着想着，衷肠抖动，泪流断弦。

等大家都起来了，中央直还跪在那里，康回弯下腰，搀着中央直说："上相大人请起。"

中央直愤怒地抖落康回的手，从地上唰地起来，哼的一声，抹了一把脸，气冲冲地走了。

余下的官员纷纷围到康回的身边作揖恭贺，康回哈哈地笑着，志满意得地向着大殿外走去。

康回刚跨出大殿的门槛，身后朱炽叫道："康回兄弟留步。"

康回便跨在门槛上等朱炽，朱炽到了跟前，小声地说："贤弟借一步说话。"

康回跟着朱炽到了走廊的边上，朱炽看着大家一个个走下石阶，说："贤弟你不该接这上相。"

康回不解："为什么？"

朱炽说："你想，中央直祖辈三代都是上相，而且一人又做了三朝上相，你说为什么？"

康回摇摇头："你说为什么？老哥，你不要绕弯子。"

朱炽点了点头："我没绕弯子，所以如此，因为王家需要中央氏，中央氏也离不开王家。"

康回还是不解："那他是老了，老了就得换呀。"

朱炽摇了摇头："是得换，但不是换你呀，你想，你也是三代共工，为什么？不就是因为共工适合你们吗？难道你的父亲、你的祖父都没有机会当上相吗？为什么没去争取？因为中央氏更合适。你隗騩氏哪一个嫁娶过风氏？没有。你看看中央氏哪一代没有嫁娶过？即使是中央直自己也是当今王上的姑丈，你说你搅什么浑呢？"

康回理直气壮地说："又不是我要当，是王上自己下旨，我总不能抗旨吧。"

朱炽紧皱眉头："所以就难办了。"

康回不耐烦地说："哎，管他呢，谁想做谁就拿回去吧，有什么稀罕的。"说着拍拍朱炽的肩膀。

朱炽无奈地摇摇头："也只能这样了，往后做事要小心，你的手下很多都是中央直的门生呢。"

康回大叫："谁敢，我就灭了他的全家。"

说着，两人一起往夹城走去。

今天的事也算是近几十年来的大事了，人们都猜不透为什么上相的位置要从中央氏家族抽走，即使这样，也不能是隗騩氏家族呀，史皇氏也好，骊侯氏也好，哪怕是朱襄氏，都比隗騩氏强呀，毕竟这是总体管理国家的事务，共工世家怎么说也就是个技术型的，怎么会管理国家呢？不明白。

管他呢，花蕾既然出来了，就要让它绽开，越早越好，越早开败得越快。于是，大家都在内城的门外等着康回。看到康回出来，都齐齐地上前道贺。刚才被朱炽说了一通的康回，正闷闷不乐呢，忽然看到大家还在这里等他,心情大好,高声叫着："诸位兄弟，诸位兄弟，只要看得起在下的，现在都到我家喝几杯如何？"

众人雀跃起来，纷纷附和道："那是应该的，必需的。"

直看得身后的朱炽直摇头。

退朝的风乘厘心情格外高兴，他就看他的姑父不惯，整天倚老卖老的，如果不是因为姑母，早就把他的官给撤了。

他的脚刚踏进后宫便大叫"沐浴"，引得一群宫人忙乱得不亦乐乎，不知道今天的王上为什么这么早入浴，现在还没到中午呀。

泡在浴池里，外面有几拨官员求见，都被宫人挡住，水凉了下来,宫人赶紧再加热,甚至连午餐都放在浴池里。到了傍晚，实在不能再泡了，王上感觉手脚的水分都流失殆尽了，像一条条风干的丝瓜。他从浴池出来，穿上衣服，气不打一处地坐在那里，看看左右，没一个看得顺眼的。

这内宫整个是用石头砌成的，地上铺着榻榻米，中间放着大张的床垫，帷幔从高高的顶上垂下，罩住床铺。

风乘厘一头钻进帷幔，倒头便睡。

正睡着的时候，忽然感觉脸上有柔软的东西在摩挲，口中像含着乳头，他觉得是在做梦，闭着眼睛吮吸。手刚抬起来，便碰到女人丰腴的小腹，还有毛茸茸的青草地。他猛地睁开眼睛，紧紧地抱着眼前的女人大声叫着："姑姑，姑姑，我就知道你会来的。"

姑姑挣脱王的怀抱，拉起床单遮住自己的身体，嗔怪地看着眼前的大小孩："你这坏孩子，怎么想出这样的事情来。"

王撒娇地偎在姑姑的怀里，一边在姑姑的乳房上磨蹭着，一边说："不这样你会来吗？你看，我从早上一直泡在浴池里，手脚都泡蔫了。"

"下次再这样姑姑就不理你了。"姑姑狠狠地点了一下王的额头，抱着王躺了下去。

姑姑是个很有风韵又透着高贵气质的女人，说是姑姑，其实也就三十左右，因为保养得好，看过去和王就像姐弟。

王从小就喜欢姑姑，和姑姑玩，和姑姑闹，长大了，便学会了爱姑姑，先王看着这妹妹和孩子不像话，赶紧把妹妹给嫁了。嫁了就嫁了，但风乘厘的爱姑姑没有变，依旧三天两头地找借口缠着姑姑。姑姑也爱这个侄儿，和侄儿相比，中央直早就是糟老头了，虽然也只大姑姑十来岁。

姑姑和王缱绻了一会，感觉腹部隐隐地有什么在流动，一会冷，一会热的，引得下体有点宽松，就像有什么在流出来一样，便起来擦了擦，开始坐在那里梳起妆来，看着风乘厘还懒洋洋地躺着，便问道，"他的事怎么说？"

王眼睛闪烁了一下，盯着姑姑，这眼神冷的让姑姑觉得很受伤。自从风乘厘当了王上之后，姑姑感觉风乘厘的身上多了一点可怕的东西，这东西就像他们的家徽一样，一条蟒蛇，平日蛰伏着，忽然便会闪出它的冷光。

瞬即，王忽然笑了，又回到从前孩子的笑。"姑姑，他没怎么样呀，我把所有人都怎么样了，也不会把他怎么样呀，"

"还说，把人家的官都给罢了，还说没怎么样。"

"你不说我还忘了，你知道吗姑姑，你把姑父怎么样了？累得他连这宫殿都爬不上来了，你去问问朝臣。"

"是也不能罢他的官啊，现在好了，整天待在家里，看着都烦。"

"那就别看，你天天可以来，我给你一个内官，怎么样？"王的眼里又闪过一束光，瞬即消失。

"那你干脆封我一个王妃算了。"

"有什么不可以？只要你愿意。"王高兴地坐了起来。

"你疯了。"姑姑说着，真的生气走了。

王终于来了精神，起来更衣，然后起驾，到他的书房。

书房也和卧室没什么两样，一样的石头房间，一样的榻榻米，只是在榻榻米上多了一张案桌，案桌上摆满了奏折。

"宣国师。"王叫着。

王在卧室和在书房，简直就是两个人。

不一会儿，国师进来，不是别人，正是白衣白袍白发白须的大师父。

大师父躬身跪在门口，王招手，让国师近前："听说国师新收了弟子？什么时候带来看看？怎么说我也是他的师兄啊。"

大师父依旧恭敬："本来正想跟王上说这事呢，没想到王上先问起。"

王说："有国师没想到的吗？你说，什么时候让我见见？"

大师父说："这简单，王上今天不是刚封了上相吗？何不借此机会去上相府一趟，一来也表现王恩，二来又可以见到彝儿。"

王一拍桌案："有道理啊，去，这就去。"

王吩咐备车，这车是由雏吾拉的，车架比王公贵族的都要大一倍，就像一间书房被拉着跑。王刚坐好，内官便在驾座上吆喝了一声，车驾便风驰电掣地从山上奔驰而下，后面跟着近卫，骑着鹿蜀，像一道道闪电。因为王车上有四个风铃，远远地听到风铃响，守门的近卫早已将大门打开，等在那里。

不到一刻的时间，王和他的卫队来到共工府的门前，门前已经停满了满朝文武的车马。忽然，门卫看到王的车鸾驾到，慌得跪在地上接驾。内官先行，入门大呼："王上驾到！"

康回宽大的客厅里今天增加了许多桌椅，宾客满座，大家从中午喝到黄昏，已经有点醉醺醺了，忽然听到内官的声音，都以为是幻听。

内官一路走来，一路喊着，沿路的用人见到，慌忙俯伏在路边。

康回抬起眼睛，问边上的侍者："有人在喊王上驾到？"侍者听了听，远远的很像是有人在喊。奔出客厅一看，就趴在门前了，康回一看，酒也醒了一半，忙跟着高呼："王上万岁万万岁。"声音振聋发聩。所有人都趴到地上，三呼万岁，心里可高兴了，觉得这顿饭值，终于可以近距离见到王了。

王弱弱地踱了进来，看地上满满当当地爬满了朝臣，哈哈大笑："众爱卿平身。"

"谢王上。"众人喊着。这时，大家才敢抬头，怯生生地看着王上，可等到大家真看到王上，不就是一个十几二十岁的小子，而且像是没有发育过的公鸡，便觉得有点失落。

康回忙叫人把桌案上的杯盏撤了，请王上座。内官宣旨，康回接旨。事毕，王从座上起来，拉着康回的手说："爱卿，你带我走走。"

康回受宠若惊，被王拉着往院子里走，王示意所有人不需跟来。刚转到花园，王便放开康回的手，放下脸来，叫："康回！"康回一惊，又趴到地上。

王又笑了："哈哈爱卿，你这是干吗？起来，起来，本王听说你捡了个侄儿，可有这回事？"

康回一听，吓了一身冷汗，这也知道呀？

王依旧笑笑地看着康回："爱卿觉得本王不应该知道？"

康回慌忙答道："不敢，臣这就唤他出来。"康回口中虽然这么说，但心里没底，不知道这几个孩子是不是又溜出去了。

"不必，我们一块过去。"王说着往前走，康回在边上引路，到了夯的院子，康回正想大叫，被王止住："爱卿就在这候着，我进去看看。"

王敲了敲夯的房门："有人吗？"

夯在房间里回答："谁啊，请进。"

夯闻到两个人的气味，一个男的，一个是熟透的女人。等到门被推开，看到的却是一个比自己略长几岁的清瘦男子，从服饰来看，怕又是相或是来的狐朋狗友，便也懒得从座位上起来，随便指了指边上的垫子："坐吧。"

王刚坐下，夹着一阵风，夯忽然闻到气味不对，这不是那些纨绔子弟的气味，这权重比叔叔不知道高出多少，忙放下手里的书，眼睛一闭，匍匐在地。

"王见谅，草民不知王上驾到，该死！"

王哈哈大笑："果然果然，你在看《药典》吗？"

夯惶恐地看着眼前的男子，他怎么知道？

王笑笑地说："师父没和你说，你上面还有师兄吗？"

"啊！"夯的脑袋里闪过众师兄的名号——巫即、巫盼、巫彭、巫姑、巫真、巫礼、巫抵、巫谢、巫罗，眼前这王上难道真的是哪位师兄？不可能吧。这老师居然把王上也收作弟子？

"你叫夯，是吧，烈山夯。我叫真，真实的真。"

"啊！真是巫真师兄，请受师弟一拜。"说着，弇又拜了下来，这回拜的和草民拜王上不一样，一下子便觉得亲近了许多。

王忽然站了起来，弇也跟着起来，王到了墙角棋盘那，看到上面摆着二三十个棋子，正在东边纠缠，便点了点头，笑着："比我好，当年第一手我就从天元开始，这一路下来，下得太累了。"

弇谦虚地说："师兄谬赞了，还请多指点一二。"

王点了点头："指教不敢，能被师父收在门下的，绝不会是泛泛之辈。要不这样，我就让你到东边历练历练如何？"

弇正愁没事可做，听说让他历练，便深深地鞠个躬："谢师兄。"

"你要说谢王上，王上有这能耐，师兄没有。"王半开玩笑半认真地说，说着便转身离开，弇跟着相送，王止住："不用送，不要让人知道我们的关系。"

"是。"弇恭敬地答道。

王出来，看到康回还在院子门口探头，便挥挥手，"回去吧。"

大荒，原名林德锋，长期专注于《山海经》，20 世纪 80 年代至今，不少诗、文发表于省内外报刊。出版有诗集《那年那雨》《你知道吗》，诗画集《大荒 2012》，石雕作品集《山海经》和散文随笔集《只剩下闲话》。现居福州。

暗潮汹涌

倾　诉

◎ 余岱宗

多年前，驾校分配给李养书的 U 教练原来是一位铁路警察，出了点事，被解除了职务。U 教练跟李养书唠叨，说要不是没有路可走，他就不会"没落"到当驾校教练。U 教练离了婚，有一个上高中的男孩需要他供养，40 多岁的他目前有一位稳定的女朋友。U 教练对养书说："明天没空，你不用来学车，我要陪丈母娘看病。"此时，U 教练的神情快活得像 20 多岁的恋爱者，可见他非常乐意向女朋友的家人献殷勤。U 教练一会儿"丈母娘"，一会儿"女朋友"，如果尚是"女朋友"，那么称呼"女朋友"的母亲为"丈母娘"，显然是超前预支了与"女朋友"的关系，但也可见 U 教练对未来婚姻关系的信心。

李养书先生与学界以外的人士打交道本来就少，何况是 U 教练这样满身江湖气的中年人。通身江湖气的人多有令人忍俊不禁的动作。尿急的时候，U 教练会在略偏僻些的道路上停车，下车，脸冲着墙，撒出一段弧形的小便，还要抖一抖，再返身上车，叫声"出发"。这一声"出发"，如凯旋的将军那般畅快得意，又像捕获到小偷那般充满成就感。是的，U 教练之前职业的某些特征依然还在他身上起作用，不过是来了倒转。U教练的车牌有两个，一个是常规车牌，另一个是教练车牌，一天夜间练车的时候，U教练忘了换上教练车牌，突然叫停车，然后又下令关闭车灯，说前面有警察。那声音慌乱中还带点颤抖，喘着气。只有U教练这样的人物才会如此敏捷地嗅到远处的警察散发出来的气味。U教练下达关闭车灯的指令，养书与U教练在黑暗中望着前方马路上的警察在检查车辆。这种电影中才会出现的情景，让养书先生感觉到兴奋，就像买了一张看球赛的票，却有人额外赠送一部西部片的电影票，虽然电影票的票面价值不高，却在球赛之外再添一股豪气。

学车的过程，让养书先生闯入一个陌生江湖。既然进了江湖，那就遵从江湖规则，而一旦按江湖规则行事，自己便多少已是江湖中人。这样想来，虽然自己尚未进入豪侠的行列，但已经与豪侠沾了边。于是，按照江湖规矩，养书先生每次都备下一包香烟给教练。U教练说："以后别买这么好的烟。"这话的意思是，买烟是懂规矩的，但太好的烟不见得对他的口味。养书请教练吃夜宵，U教练说："两个男人吃夜宵有什么意思，不如给我加一百块的油。"这意思是，如果有女学员与他一起进餐他倒不是特别反对，但跟一位白面书生吃吃喝喝，委实吃不出好胃口，还不如给车加油来得实惠。那时候，花一百元，可加大半箱汽油，够下一天练车用。

U教练实际上是老于世故的中年人，他才不会和盘托出他的江湖履历。就是告诉你，也不见得有多生动。所谓江湖，很多时候不如市井来得复杂和多变。江湖只有融入市井，让曲里拐弯的市井空间提供更具立体感与隐匿性的空间，才可能变得更隐秘、更复杂、更幽深。

U 教练的江湖是摆在面上的江湖，如镇关西的肉铺那样招摇，而真正的江湖是潜入市井之中，暗藏在城市乡镇、居民社区或单位公司某一个看似平静其实动荡不安的局促空间之内。

有时，江湖的一角露出水面，不是靠传言，也不是通过朋友圈的八卦，而是会"自动"地飘至你的耳中。

李养书学车的地点在市郊，驾校的接送车会在市区内设立停靠点，预约好了，便能搭乘驾校的交通车来往。

那天，养书先生学罢车，坐上驾校的通勤车回城。车厢里，他听一个男人如何向另一个女人倾诉，倾诉他太太偷情的经历。是的，在封闭的面包车内，一共 4 个人，司机、养书、坐在后排的一对男女。实在搞不清楚这一对男女如何凑在一起学车，又如何密切到能够将自家的隐私和盘托出。可又不奇怪，因为这个隐私不也被这位男士"晒"在车厢内吗？根据这个唠叨男的倾诉，他的太太显然是某个运动队的运动员，她与教练有染，被唠叨男逮了个正着。之后，女运动员提出与唠叨男分手。唠叨男详细叙述了"捉奸"的整个过程，那种语气不是带着痛苦，似乎更多的是得意。请注意，不是收集到证据的得意，而是一种见到太太活跃生命力的兴奋。从唠叨男的语气中，似乎可以感受到他佩服自己的老婆竟然如此活跃又如此调皮。唠叨男越说越带劲，他甚至透露某种意味深长的情节，比如他对太太偷情时间的锁定，以及他上班时间返家"捉奸"的老套剧情。陀思妥耶夫斯基《永远的丈夫》巧妙地揭示了这一微妙的规律：有些丈夫根本无法确定太太的价值，那么，看看有没有人追自己的女友或太太，才可能确定女友或太太是不是"真女人"。希区柯克参与指导的一部电视剧，剧情梗概如下：一个被丈夫完全忽视的妻子竟然被印度王子玩命似的追求，王子甚至为他的妻子献出生命，于是这个丈夫将太太供在女神的位置上，因为印度王子确证了他的妻子是"上好的女人"。还有一次，养书先生认识了一个宾馆领班。宾馆领班告诉养书先生，他正在追求宾馆里一位貌美如花的女服务员，并详尽地叙述了一位位高权重的大人物如何看上这位女服务员，女服务员最终被大人物收为义女，得到各个方面的照顾。宾馆领班的口气里，没有丝毫责怪大人物的意思，相反，更多的是确证了自己的意中人的重要价值。一种不可名状的骄傲挂在领班的嘴角。"你知道吗？连大人物的夫人也是很喜欢她的。""她"指的是宾馆领班的女友。说这话的时候，领班的表情简直是醉了。领班不是陶醉在他对女友的爱慕或女友对他的倾心上，领班滴溜溜的眼睛里旋转出的想象都是女友得宠于权贵所可能得来的荣华富贵。领班通过他人眼里女友的千娇百媚来确证他的爱情的价值，宛如一个外行人根本没有能力了解珍宝的价值，只能依从拍卖行竞拍出来的价格做判断。那个唠叨男之所以愿意向外"发布"他的太太的偷情报告，并且没有一点痛苦和难过，这也表明倾诉的本身便是唠叨男的需要。他向外人"发布"太太偷情的经过，除了赢得同情外，唠叨男是不是还有一种连他自己也不会察觉的炫耀心态：这种炫耀心态让唠叨男这样的性竞争的失败者也有其得意之处，宛如阿Q"老子先前也阔过"。

养书先生记得，当年自己预感到女朋友G要离开自己的那段时光，差一点也想找某位性格开朗的系花倾诉自己的不幸。这个系花是养书的学妹，有过几个回合的交往，为人大方，不拘小节，家庭出身也十分体面。养书被女朋友G冷落的时候，几次想找到开朗系花倾诉，一来摆脱烦闷，二来思忖着说不定学妹会由同情而导入爱慕，可谓一举两得。但自尊心阻挡了养书跑到系花学妹那里倾吐自己的"不幸"。

当年，女朋友G东渡出国，嫁了人，养书孑然一身在一所中学里教书。中学里的语文教研组组长是养书的领导，领导是一个热心人，说要为养书撮合一个女友。

语文教研组组长带着养书到组长的大学老同学的家里做客。养书见到一位高挑女子从里间出来，也不搭话，只是告诉父母她要出门。养书第一眼见到这高挑的女子，吃了一惊，想如此出众的大学在校女生，怎么还要靠父母亲的老同学来介绍对象？又觉得失去了G，尚有好女子留在国内，无论如何是值得庆幸的事。不过，后来虽然有了来往，高挑女生对养书却不冷不热。然而，女生的母亲却来了劲。养书成为女生的母亲的倾诉对象。这位可爱的母亲姓杨，也是一位中学语文老师，一位很有风度并且为人热情的女教师。第一次在学校的收发室的信箱里收到杨老师来信，养书受宠若惊。信写得很长，像优秀班主任那样耐心并且富有人情味，主要内容是希望养书树立正确的恋爱观，要懂得情感的价值在于两个人都有共同的理想和趣味，其中还联系着自己的感情经历，希望养书在追求自己女儿的时候也不忘记做好本职工作。杨老师的女儿从未与养书通过信件，可在不是太长的时间里，杨老师与养书来往书信达10多封。事实上，来往不久之后，杨老师的女儿就明确告诉养书她已经有一位恋人，只是母亲非常不满意，要他们分手，并希望养书能与她交上朋友。为此，养书写信告诉杨老师他不愿意成为"第三者"。杨老师则拒绝这样的说法，认为女儿的男友并没有获得家庭的认可，从而也不存在女儿已经恋爱的问题。这样的信件来往，充满了外交辞令，彼此很客气，但也动了不少感情。其结果是养书认为哪怕未来不会与杨老师的女儿发生任何情感关联，能与如此通情达理并具有广博的文学知识的妈妈级别的女性交往，也是他人生的一大幸事。杨老师的来信都很长，最高峰时达到5页，手写的信件，工整的字迹，层层转进的说理，含蓄深沉的抒情，循循善诱，旁征博引，文采飞扬。这样的中年女性若能成为丈母娘，养书的未来婚姻生活很可能会始终笼罩在文学意味极浓的氛围之中，当然，也可能更多一层情感的专制。后来的岁月里，养书每每回忆起杨老师，觉得杨老师一定是一位优秀的语文老师，但优秀的语文老师如果充当语文老师的丈母娘，可能会在家庭内部不断掀起一波又一波的言语表达的狂潮。每一次的家庭聚会，都可能像肥皂剧那样充满了具有警示意义的格言式台词或极富煽情力的抒情话语。

如果日常生活都由语文老师编织出各类警句式的台词，这样的生活情境多半不会是喜剧，更可能是一出出充满矫情意味的滑稽剧。

今天的人们更渴望倾诉。这个城市里，有太多人在各自的生活空间里倾诉着什么。如今，更有虚拟空间为熟人间或陌生人之间创造滔滔不绝地说话的机会。当下的人类最孤独，也最愿意表达和倾诉。交织错杂的倾诉小溪每日都在虚拟空间中汇聚成波涛汹涌的言语洪流，似乎足以构成言语的洪灾。为什么要整天说那么多话呢？是渴求理解、宣泄情绪，还是沟通谈判呢？是想求证什么，还是想寻求新的幸福机遇？有用的话到底有多少？废话的功用是不是有益于身心健康？人类费了那么大的劲头说话，可又多少事情越说越明白，或越说越糊涂呢？很可能压根儿就不是为了说明白，而是为了越说越有话。有些倾诉是为了求证，有些倾诉是间接炫耀，有些倾诉是拐了弯的表白，而大多数的倾诉仅仅为了倾诉。

养书有一位朋友叫 D，D 不时有女性朋友找他倾吐自己婚姻的不幸，有时会一直谈到深夜，乃至拂晓。

朋友 D 是一位看上去很可靠的中年男性，而找他倾诉的也多是年龄开始迈向中年的女性。这些女性的丈夫已经开始在婚姻之外寻觅新的口味，有理由认为这些丈夫不停地通过愚蠢的表情和言语向新人献媚。而掌握了证据的女性朋友当然要找朋友 D 倾诉。她们无法接受曾经也一样用愚蠢的表演向她们表达过忠诚的丈夫竟然如此厚颜无耻地复制他们的求爱程序。她们更愿意向极富有人生智慧的朋友 D 求证自己的丈夫是一时糊涂还是真的打算放弃目前的家庭。所以，她们几乎不断将各种假设和各种不断收罗到的"罪证"摆到朋友 D 面前，要他如分析股市走向一样预测她们的婚姻态势。

这种倾诉最来劲的时候是不舍昼夜的。好在朋友 D 脾气好，女性朋友只要给送他好烟好酒，在吞云吐雾或推杯换盏过程中，D 的分析便超水平发挥，他能够从倾诉的话语中迅速把握女性朋友情感逻辑中的误区、盲点与期待。不过，有时他只是将女性朋友滔滔不绝的倾诉话语加以巧妙地概括，用自己的语言重叙一遍，同样能收到奇异的效果：女性朋友都认定 D 最理解她。但由于此类的事情做得太多，凡是有苦恼的中年女性朋友都频繁地找 D 倾诉，导致的一个后果是 D 交了不少红颜知己，但也对自己的性魅力陷入了深深的怀疑之中。有一次 D 向养书抱怨，说这些女人都把他当成垃圾桶，是不是她们觉得不可能与他发生任何感情关系，所以觉得向他透露生活中的不幸不但理所当然，而且十分安全。对 D 如此消极的自我评价，养书只好稍稍地为其修正一下，道："她们要认定你是傻瓜，是不会找你聊的。"D 点了点头，总算找回一点自信。

事实上，找你倾诉的人都首先认定你是自家人，至少在她或他将秘密告诉你的时候。也正是因为认定你是自家人，所以所谓的倾诉很多时候快速演变成为控诉。

除了控诉家中的丈夫，还控诉单位的领导。李养书先生的一位女学生多年来与养书保持来往。这位女学生很能干，大学毕业 10 多年后成为一所中学的副校长，这位年轻的副校长虽然 30 多了，但身材高挑，脸色红润，全身上下散发女运动员才会有的性感而又健康的气息。说话的时候，年轻的副校长一双眼睛坦诚得让你不敢直视，你生怕心头泛起的杂念会辜负了这份信任。但你又不能不听年轻的女副校长的倾诉，因为她所控诉的内容竟然与养书有关。

"他说：'告诉你的老师，我们学校腿长的女教师还有好几个，下次我可以挑腿更长的女教师去评卷。'"这是年轻的副校长控诉的内容之一。这"你的老师"就是指养书，因为养书请女副校长来协助他评卷。说这一通话，表示可以"挑腿更长的女教师"来评卷的这个说话人，便是女副校长的顶头上司——校长。听这话，好像这校长还因为女副校长回母校帮老师的忙而表示出某种不应该有的醋意。这种醋意暗示养书对这位女副校长的偏爱，即名为帮忙改卷，实际上借这机会师生聚一聚。

年轻的女副校长倾诉的内容还不止于此，她告诉养书，她的所有时间几乎都被这个工作狂的校长"安排"。每个工作日的夜晚都要她管理整个学校的晚自习，值班，值班，不停地值班，好像只有这样才会让校长满意。可这个挑剔的校长还是觉得年轻的女副校长应该工作得更努力，需要花更多精力才对得起副校长这个职位。更可恶的是，这位内心阴暗的校长多次暗示年轻的女副校长是因为美色，"惯于讨男人喜欢"，才可能当上这个校园"高官"。显然，这位上了年纪的男性校长虽然长相粗鲁（这是养书的想象，副校长并未向养书描述校长的外貌），但对于年轻貌美的直接下属有着难以启齿的兴趣。养书同样难以开口提供对策，因为在女副校长的声讨中，"长腿""美色""讨男人喜欢"，似乎是男校长冤枉了她。可事实上，与女副校长接触过的男人，应该都会有类似的感觉，养书也有过类似的感受，区别只在于养书会将这些特点当成优点，欣赏她，而男校长却认为女副校长只会"做人"，靠取悦县里主管教育的官员才拿到副校长这个职位。"可是，我之前根本就没有跟教育局局长说过一句话，也不认识他。"女副校长也为此做了辩护，她否认是因为认识县里头的官员而主动谋到官职。可养书回头一想，当女副校长还是自己学生的时候，一次出外开会，旅途中不也因为她用手兜过你的胳膊，让你感受到某种意外的甜蜜？当然，这些都属于正常的、可接受的范围，可是你又不能不承认，女副校长最可爱的地方不就是她的大方、开朗并且愿意与成熟男性之间保持一种亲切而平等的关系吗？她在上学的时候不就愿意以提建议的方式和你探讨一些学术问题吗？当然，她在上大学时，有段时间，她也愿意向你倾诉被三个男生同时追求时候的困惑、烦恼和不安，而你却从她的口吻中读出一种遮掩不住的兴奋，一种自我价值受到肯定的喜悦，虽然这种肯定同时伴随着令人不安的惊扰。养书还清晰地记得20世纪90年代的某个夏夜，养书先生为这位后来成为副校长的女生指点迷津。那个夏日的夜晚，在露天咖啡馆，茉莉花香味浓郁地弥漫在整个空间。养书坐在女学生对面，听她倾诉，她说："后来小武也加入进来了。""可是，本来我只是把他们当成可以信赖的一般朋友呀。""黎一滕本来跟我不认识，他大学毕业后自己开了一间摄影工作室，是我宿舍的黎一璇的远房堂哥，经常来找一璇。我现在也弄不明白，一滕一璇是事先合计好，还是无意之间她让我认识她的表兄。可一璇现在对我态度又有些变化，好像觉得是我抢走了她的表哥。"这样的倾诉从未让养书先生感到厌倦，因为这位极富有言语天赋的女性总能将事件的来龙去脉诉说得一波三折，悬念迭出，峰回路转，并像韩剧中的女主人公一样始终用迷离而坚韧的表情为所有的剧情加上一种柔和的中灰色寒意。这位女生的神情具有一种现代孤独之美。

所有的倾诉，从学生时代到成为副校长，这位可爱的女性从20多岁的姑娘变成30多岁的少妇，但她对养书先生的倾诉从未停止。

养书先生当然乐意成为倾听者，一半是因为她的美貌，一半是出于她的信任。当然，这其中还有一层隐情是养书先生自己也不太愿意承认的，即女副校长倾诉的话语中含着众多其他人对女副校长的看法，这些看法往往成为倾听者的校准点。养书先生会惊讶地发现，为什么其他人会如此看待她呢？比如："一璇她竟然认为是我比她招人，还设下陷阱，让一滕茶饭不思、坐立不安，可我明明不是这样的。"或是控诉校长，"他好像非要把我的时间排得满满的，好像我一回家就是我的罪过，好像只有学校才是我的家。他还说我爱惹事，我都不知道我怎么惹事的，惹什么事，莫名其妙的"。所有的这些话语都层层叠叠地放置在养书先生的脑海里，需要他去排序、甄别、还原。

难道她真的就是像其他人所说的那种女人？或者，难道她一点都不像其他人所说的那类女人？可是，养书有时不能不觉得疑惑。因为他人的话语会让养书觉得他人对她的看法也不是毫无道理，可回头一想，又觉得他人不如他理解女副校长。可他到底理解了她什么呢？她似乎将所有能倾诉的事情都事无巨细告诉他，可这真能还原真相吗？也许她连自己是怎么一回事她都不一定清楚。甚至，有时充当倾听者的时候，恍惚间，养书会在心底冒出这样的种种反诘，诸如："你都跟黎一滕说明白了不再和他交往了，为什么黎一滕再约你的时候，你却要跟他一起出外吃饭？"或是："校长一直怀疑你跟官员有染，这样的副校长你不当也罢，为什么不摆脱这种衰人？"可这样的话是无法说出口的，养书先生始终摆出一副极富理性的人生导师的冷峻模样，他只会不时提出一些温和的建议，同时适当地提醒她如何转变对他人与各类存在的看法，并试图建议用悲悯的态度从存在的"高处"上看待他人对她的种种非议和不礼貌，学会像看待顽童那样透视他人的种种缺点和不纯动机。

可是，无论如何，当女副校长说到某些细节的时候，比如某些男性对她露骨的讨好的话语时，养书竟然也会生出某种疑惑："这是认为这样的话语转述是提醒我也要注意到你的吸引力呢？还是认为我这样的男性只配作为一种解读机器，其功能不过是分析种种他人对你说的情话、蠢话、傻话、狠话？前者是间接诱惑，后者则是下意识蔑视。"这种想法往往只是在不经意间划过一道心痕。很快地，养书先生便恢复了正

倾诉

常状态，他意识到自己应该像一位被信任的长者那样面对这位年轻而美丽的女性。而这样的精神状态，是需要自我说服的，哪怕只是几秒钟的自我暗示。从这个意义上说，倾听者难免要从倾诉者那儿窥测自我在倾听者心中的分量，以及倾诉者对倾听者的角色设定。

倾诉者的故事，倾诉者总要想方设法地移植入倾听者的内心，心理学家认为这种行为不过是找到一个倾听者说说而已，说出来就轻松许多。这多是一厢情愿的想法，事实上，不说出来会难过，说出来不见得就轻松，甚至有可能由于倾听者的某种不那么高明的附和，反而给倾诉者带来更多的疑惑或痛苦。但无论如何，倾诉无所不在，泛滥成灾，倾诉的言语总量远超过人类的书面表达符号的数量，或者说，口头的倾诉尚未收敛，键盘按动出的倾诉方兴未艾。

倾诉无所谓对错，但有过度与节制之分。养书先生遇见过几位喜欢找他倾诉的女性，一开始他觉得自己是幸运儿，人家找你倾吐秘密一定是认为你拥有良好的知识背景和善良的宽容心态。但倾诉者的细节过度膨胀的结果，难免让血气正旺的养书先生产生这样的幻觉："你的先生这样亏待你，你只反复强调只跟我和盘托出你那左右为难的心理感受，那么，你是不是想跟我好呢？"或是："天哪，你的婚姻和你的心灵的最高等级的机密只向我透露，作为补偿，我是不是该请你吃饭？或者，作为回报，是不是也该向你透露些我的秘密？"要知道在20世纪的70年代的物资穷困时期，有一位半生不熟的女人找到养书的母亲倾诉，在那个连空气都那么清冷的三进式的老房子里，那个女人连着三个下午找母亲倾诉。当中学英语教师的母亲陪着倾诉者流泪，但绝大多数的时间里都是那个女人时而委屈时而激越的声音。最后的结局是那个女人向母亲借钱：既然你都如此同情我，借点钱该是小意思吧。母亲的娘家是印度尼西亚华侨，养书家有外援是大家都知道的事实，这一点让母亲要不时面对前来借钱的人。有些来借钱的人是极善于用倾诉做铺垫的。养书对面的每一位倾诉者都不会向他借钱，但可能要借的东西更高级：借情感，借人，借照顾，或者，至少借个趣味的同盟者。

赖大是不会爱上林妹妹的，林妹妹也绝对不会找赖大倾诉。倾诉与倾听，这种关系没完没了，但倾诉者与倾听者的关系却不断微妙的翻转变化。倾诉不是仅仅告诉你事情，倾诉是为了你保存她或他的事情和情感，以便让你大脑的一小部分寄存她或他的意识、事件、细节和情绪，让你的一部分成为她的一部分。所以，深度的秘密倾诉有时便是性关系开始的前奏，心灵的秘密之后很可能接踵而来的便是肉体秘密的共享。因此，如果两个人不停翻转倾诉者和倾听者这两个角色，最好保持某种警觉，因为说他人的同时便是在表露乃至出卖自我。

余岱宗，福建师范大学文学院教授、博士生导师，福建省福州市作家协会主席。作品发表于《收获》《福建文学》等，并有作品被选入《小说选刊》等。出版有长篇小说。

倾诉

读 棋

◎ 廖伏树

车

荣膺重寄，一车十子寒！

独当一面，一夫当关，万夫莫开！

勇冠三军，连擒九子的神功，挽狂澜于既倒！

一生转战三千里，一剑曾当百万师。

最早也最敢揭开攻坚的大纛，最具有大刀阔斧、雷厉风行的勇气和魄力，是为大勇；

长驱直入前善于审时度势，既不盲目夸大优势而自陷陷阱，又不过于悲观滞顿而错失良机，是为大智；

目标最大，被攻击的危险最多，却总是浴血奋战到最后，直面危机，横冲直撞，坚定不移，鞠躬尽瘁，是为大信！

信生勇，勇益智，智固勇，如此勇智信三管齐下，不正是将士、棋手、世人所孜孜以求的？

马

天生就是良驹骏马，当然志在千里。

纵然生命征程有黄沙漫漫，有千沟万壑，也一如既往纵横驰骋，义无反顾。

横刀亮剑，侠骨更兼柔肠。为战友两肋插刀，是出发点也是落脚点：动驰静卧，时时处处不忘保护小卒；双马连环互助，誓言同生共死；马炮前后携手，屡建奇功大勋；马车集结归边，当然所向披靡。

何惧艰难险阻？越乱石、过草丛，跨山谷、履深渊，辗转腾挪，迂回卧槽，绝地反击，深海突围，都是他的拿手好戏。可是他啊，却总越不过绊脚绳，来自敌方的，甚至自己方的！一旦被小人使坏"绊了绳索"，哪怕是小卒，他也难免陷入动弹不得的尴尬，甚或郁闷窒息的绝望。嗟夫！时来天地皆同力，运去英雄不自由！风云帐下奇儿在，鼓角灯前老泪多！也许，这一绊竟是旷日持久，可怜千里宏图、万丈豪情，也只得无可奈何地仰天长叹了。

炮

南征北战，翻山越岭，冲锋陷阵，舍我其谁。

从来不相信威慑三军的凛凛威风和绝技，可以在安乐窝里练就。

进退从容，攻守自如，委曲偃蹇，傲然飘逸。

即使在剑拔弩张的最前沿，也不忘眼观六路，耳听八方。

审时度势，毫厘之间的差距往往就是生死大限的考验。

当机立断，迅雷不及掩耳之神勇令敌顽抱头鼠窜！

退一步或几步并不要紧，只要能寻到发展的空间；暂时的藏匿或逃避也不丢人，只要能寻到反击的支点；进退行藏之间，关键是清楚自己的长短和斤两，清楚自身的需要、可能与目标。就是弹尽粮绝也绝不做无谓的牺牲，最后一"轰"才不愧对尊严和价值。

总有闲言碎语说他是利用别人的典型，总离不开炮架，可每次命中目标，功劳只有他自己，全没别人什么事。对此，他从不辩解，即使眼泪往心里倒流。

气度决定视野，心胸决定高度啊。

相

本是天心托付，使命在肩，却总是踱着方步，发着高论，从不主动请缨；

看似不偏不倚，四平八稳，却总是走不出小圈子、小山头，还说什么"选贤与能，讲信修睦"，什么"将军额头可跑马，宰相肚里能撑船"；

崇尚"一屋不扫何以扫天下"，却囿于"一亩三分地"，方寸之间，哪里是兵家纵横捭阖的战场？

也曾饱读兵书、满腹经纶，也曾心如清风、寒潭过处不留形迹，可身处杀机四伏的权力旋涡，云生雾起，乱花迷眼，其中的千般玄妙、万般蛊惑，又岂是一人之智所能掌控？又如何能超然度外、置身局外？难怪乎，"当断不断，反受其乱"是他一生的悲剧。

士

有人说他是忠臣，有人说他是宠佞。

有人说他专走邪路、心术不正，有人说他忍辱负重、卧薪尝胆。

伴君如伴虎，一半是荣耀，一半是悲哀。

有时绝对是将帅的左膀右臂。

有时纯粹是将帅的殉葬品而已。

有时赤胆忠心，苦苦支撑无怨无悔。

有时碍手碍脚，反成为将帅的拦路石。

兵

位卑未敢忘忧国，身贱未必不高尚。

永不回头为了目标，活着为了献身。

箭林矢雨向前冲，一步一个脚印，一步一处血迹。

经常看不到直捣黄龙的时刻，经常最后关头牺牲在滩头阵地。

不一定懂得几臻完美的结局是由一个个精彩的瞬间组成的，只是一份任劳任怨的努力永不懈，一腔"积少成多，聚沙成塔"的信念终不弃，一笔哪怕当仁不让的纹丝功劳也难寻。

过河之后几乎等于"车"，可有谁把他当作"车"。

关键时刻是谈判的重要筹码，平时人们总对他视而不见。

帅

那密密匝匝的号角似乎从他的指尖倾泻而出，千军万马似乎是靠他的指挥来来往往。

从不到前线，不是万不得已也懒得动身，偶尔爬上宫殿三楼已是王位不稳了。那么，他到底靠啥？是运筹帷幄、决胜千里的虚名？是至高无上、冠冕堂皇的权杖？还是集体的智慧、坚定的执行、严明的纪律和团结的力量？幡旗所指，初见风平浪静，转眼乌云密布，骤然狂风大作，途中暗礁险滩。险象丛生，走投无路；拨云见日，柳暗花明！

硝烟散尽，如果他没在绝望中死去，那他一定在凯歌中辉煌。

只是，面对用累累白骨砌就的勋章，他偶尔也涌起无尽的回忆：有幸福与温馨，有牵挂与惆怅，更多的，是沙与尘的积淀，是血与泪的凝固，是爱与恨的交织。

薄暮惊鸿

棋　人

他是心地单纯、性情豁达之人。他希望赢，也不畏输，胜固欣然、败亦可喜是他博弈的基本心态。

他算度精深，视野开阔，思路清晰。有时行云流水，有时滞重晦涩，有时踟蹰踉跄，有时霹雳雷霆……他都不动声色。但他能超然于具体直观的表象之外，善于从细微的变化中看出端倪，抢抓机遇，乘势而上，积少成多，扩大战果。

他有良好的全局观，谋大势不重一池一地，展宏猷不急一时一刻。他从不胡搅蛮缠，越陷越深。必要时，退而求其次，委曲求全；关键处，利中取大，弊中取小，都是他干干脆脆的选择。

他天然拥有一股绵长深透的韧性，所以，他能够最终超越输赢，得到生命的智慧与自在。

棋　痴

在他眼里，棋只是游戏。简单即思想，也是目的。所以，博弈中，他举重若轻。或许，他为人处世也始终奉行"大道至简"？

他的简洁是铅华褪尽的本色，是去繁就简的境界。

他只有在游戏的时候才是完全的人：思想纯净得像蓝天，思路清晰得像线条，思维敏捷得像闪电；而灵感，更像那来无影去无踪的风。

他嗜棋如命，"宁可三月不知肉味，不可一日不研棋谱"

是他真正的内心独白。在棋的世界里，他感悟到日月星辰之象无处不生，感悟到生命的愉悦和苦楚无所不在。

世俗生活中，他也叹气，也烦躁，也悲哀。但是，什么嘈杂繁忙、什么烦恼苦闷都可能戛然而止，因为他走着走着，会突然眼睛一亮，只因为棋在那里：管它在活动室，在店门口，在路边，在树下。

棋　神

他为棋而生，那种自然灵动的棋感与生俱来。一端坐在棋盘前，那神秘的本能的参悟力就从天而降。非常人，非常眼光，非常思路，非常手段，此之谓也。

他追求美，内在的和形式的美，"三十二子者，一一俱变态"之美。潜伏，静观，反戈，出击；掌控战机，击虚捣懈，拨冗理乱，打破僵局；抓主线，顾大局，逼九宫，擒酋首；凡此种种，几乎全在无意识之中！事实上，他的意念自始至终专注于棋子的变化，思想的闪电与对弈的流程保持惊人的一致：大将赶路，不追小兔，谓之速度之美；阵容工整，此呼彼应，谓之造型之美；统筹协调，从容优雅，谓之和谐之美。

博弈的过程，是他陶然、超然、物我两忘的过程。他即是棋，棋即是他，他与棋已浑然一体了。

三两局罢，素指犹凉。人们啧啧称赞他精妙高超的棋艺，却很少人知道他那份淡泊如茶语的心境。

棋　魔

他执着于输赢，把攻战征伐、胜败荣辱当作自己入世的具体象征。赢了张狂，输了放不下。楚河汉界对峙之间，寄寓着他太多的功利与欲望。

声东击西，暗中调遣，冲渡阻滞，深谋密图……他有天赋的慧眼，也有技压群雄的本领，会洞微烛幽，能占得先机，善挽回颓势。只是奋战之惨烈，经常自觉不自觉写在他充满忧郁、焦虑、迷惘和不服气的脸上。

面对取与舍、自由与责任的两难困境，他爱剑走偏锋，常因忙乱而徒生烦躁，因贪多而失去章法，因偏执而走进死胡同。多少遍"顺，不妄喜；逆，不惶馁；安，不奢逸；危，不惊惧；胸有惊雷而面如平湖者，可拜上将军"的自我告示，许多次"一着错成千遍悔，收奁犹喜是空盘"的亲身经历，也无法使他明白眼前的战争，只是一场虚拟的战争，胜败荣辱终究是游戏，从而豁然坦然，放开一博。

廖伏树，笔名蓝溪。系中国散文诗研究会理事、福建省作家协会会员、泉州市作家协会理事。著有《阅读人生》《田园风光》等书，曾获全国散文征文一等奖、全国校园文学一等奖、第24届福建省文学奖、2009年度泉州市文学奖、第7届泉州市刺桐文艺奖一等奖等。

七月，在鼓岭（组诗）

◎哈 雷

鼓 岭

一座山的宽广
不只在于群山连绵，深林无边
还在于包容世界的微笑

一座山的深厚
不只在于埋在岩石下的矿物和奔跑的生物
还在于对这些矿物和生物的守望

一座山的雄伟
不只在于伟人的登临和名人留下多少诗句
还在于人民对自己家园的执念

一座山的高度
不只在于仰望星月的深邃

还在于俯视人间的悲悯

一座山，从肺腑里掏出蕴藏了一个多世纪的故事
说给世界去听

陶罐里的蛙鸣

一滴灯影落下，惊起蛙鸣
它在陶罐里蛰伏
与流水清音
共拥有一丛蒲草，和梦境

只有在夏夜，岚筑游人归来的足迹
踏平疲惫的夜色
它的领唱，唤起山谷回响
而在青石阶边，依然有陌生人探望

我循着它的声音，来到天边
——有风和鸣，只为这卑微的吟唱
蛙为谁鸣？是左道的刺猬，还是林中的孔雀
稻花无言，望见七八个星天外

它顽固地埋伏在陶罐里，水中的遗址

不紧不疾，像我
埋伏在幽暗的诗里，那样的缓慢
我们相互寻找，彼此聆听

两只孔雀

它们拥有一个家族，在岚筑山庄
幸福地相守，做森林的主人

山间有声，叩问传说中的公主
你所拥有的孔雀氅，如今遗落何方

它们跳着鼓岭上一支孤独之舞
在蝉声和虫鸣中展开

霞色是它们的前身，披着羽衣
唱不被遗忘的歌，走不会弯曲的道

时光交换来去的路，它们一直努力
从自己身体的卵巢里，交出一簇灿烂的遗产

从碎裂的果壳中剥出时间
最终交还给山神，成了风景的礼赞

桃花酒

桃花红了，春天病了
喝一口，就成了跌落的山涧
在山里汉子的身体里翻腾

鼓岭的桃花有点冷艳，从不正眼看人
兀自开放，并不理会
曾招过蜂引过蝶，来过这个山头

直到被岚筑的主人酿成了春醪
变暖，才有了世间的温情和薄暮
让一座岭，从春醉到了冬

夜宿岚筑山庄

能够将云霭招揽入怀，它是淡蓝色的
夜宿的诗人，也有着淡蓝色的忧伤
藏在深山里的果子，相约着行走在树林间
这孤单的夜色，让你看到生活的微光

山下万家灯火醉成一堆，是人间散不去的谜团
从红尘中来的你，和岚筑相约，相约的还有一只蓝蜻蜓

97

是它带你找到泉眼，你的悲欢才有个清亮的出口
月亮是淡蓝色的，喂养了南方淡蓝色的山庄

有时候，大海空掷全部的力量要掀翻一座青岭
还不如招来一缕青岚，扮成仙女
在夜宿诗人衣袖里，抓出一把淡蓝色的雾气
俘获的心在喊：来开房吧！山谷之上，星穹之下

柳杉王

我应该为活着这么老而向短暂的众生道歉
我应该为站在高处而向低处的人群道歉
我更应该为一千多年的繁茂向历尽沧桑的祖国道歉
我更愿意成为山上的子民
而不是什么王。在鼓岭，我愿意
做一个披发如冠又不愤世嫉俗的人
愿意伴在一口冷寂的泉眼身边
听它终日清吟。当我长久地一个人幽居于此
我就会想起那些人那些事
我的心会突然难过。但又想到他们曾有过的事迹
已经都化成风或散落天穹，变成星星
我也会突然激动起来，像一个梦中
迷失很久又找回家园的孩子手舞足蹈

我想我和他们的离去一定是相同的
肤发不在，草木丛生
七月，这些蝉的后代还会重新聚涌而来
为了追忆我曾洒下的那些浓荫

桐　花

桐花开。桐花落
桐花开时，云带着风会过来喝彩
桐花一落，云忧伤地走了，风兴高采烈

山岭上的女孩，像云一样迷惘
她开在一条瘦小的野径上
开在她父母清晨目送的眼睛里

鼓岭的春红千紫百，她独爱桐花
昨天，她采回的那束桐花还开在瓶子里
她在等着桐花落下，落下她怀了一春的心愿

高山绵延，大地邈远
一个个活着昂首挺胸的人，踩着桐花离去
而这束桐花，还静静等待她的归来

哈雷，中国作家协会会员，福建省文联委员，编审，中文书刊网总编辑。参加第六届《诗刊》"青春回眸"诗会。出版《零点过后》等十多部诗集、散文集、报告文学集。作品被《新华文摘》《文学报》等转载，入选多种选本。现居福州、奥克兰两地。

薄暮惊鸿

穿越新疆（组诗）

◎ 许燕影

八月七日夜降西宁

大漠何起孤烟
因辽阔而握不住时空
湟水河是否也开始呜咽
茫茫荒原，你曾是我想象的盲

在九千米高空盘旋
气流、颠簸，为绕开雷区
这横空多出的五十分钟
难道是揭开你神秘面纱的伏笔
高原肆虐前的一次预演

一身尘土，风沙迁徙
谁秉承了你游牧的天性
雷声中看不见荒凉

时间消失在水面

西北偏东，明月再度高高挂起

你城市的灯火在哪里

踏出舱门片刻昏眩

凛冽风过，大西北气息袭来

江山美人英雄豪杰啊

今夜，在河湟谷地

颔首承迎金色哈达的祥福

我如此笃信圣山圣水的恩泽

是的，群山如莲

你一直安然在莲的怀抱中

穿越柴达木盆地

风蚀的残丘蒙着灰褐的荒芜

箭一样笔直望不到头

山和远方遥远得仿佛静止

一条路让西域的怀想就此迷陷

戈壁、沙漠，干涸的河床

风沙、凸起的峰岩，还有红柳

芨芨草和傲然的骆驼刺

经过的荒芜有着苍凉的大美

秦时月啊，突然就有了出塞的悲壮

纳赤台、西大滩、五道梁

频频闪过的指向牌

我沉迷于它们好听的地名

可可西里、沱沱河，多么神奇

戈壁绿洲于此相倚，沙漠碧湖彼此共存

而越来越稀薄的空气

也无法阻止我抵临雪峰时的欢呼

如果没有这一日千里的穿越

何言一路向西的豪情

西域西域，我的抵达在路上

水上雅丹

滤去浮沙的必定是风

一座幻城突兀而起

谁暗施魔力，这最初的刀斧手

拱廊、古罗马壁柱

中世纪之城，风号时也狰狞

铁血金戈万马厮杀

瀚海烟波中黄沙滚滚

而水，一汪碧波荒芜中盈动

谁遗落这人间温存

魔鬼也有天使的柔情

亭台楼榭，恬憩中一座城悬浮

一抹蓝的诱惑

远古风沙成就了你的传奇

　　许燕影，福建晋江人，现居海南海口。中国作家协会会员，
海南省作家协会理事。已出版诗集《轻握的温柔》《我怎能说
出我的热烈》，诗文集《燕影的天空》及随笔集《踏花拾锦年》。
诗曾获奖并入选多种集子。获《现代青年》2018 年度十佳诗人
称号。

薄暮惊鸿

灵动的气息（诗七首）

◎ 任 捷

梦萦的地方

眼睛亮了，昨夜星星一般

过了崎岖的小山梁

就到了唱情歌的地方

小小的樱桃

鲜活的万千风情

屏住呼吸走过小桥

高山仰止的气息扑面而来

阵阵山风穿越峡谷

仿佛测试着攀缘的勇气

风光在不很遥远的险峰

稀薄的空气，隐秘心门开启

豁然开朗的一马平川

扬鞭奔驰

辽阔的空旷地

有鹰在丛林上空盘旋

飘着雨丝的小溪越发潮湿

探险一路，充满了激情

多少的愉悦过后

鹰的鸣叫声萦绕耳边

静享那一份惬意

2019 年 7 月 14 日

听　涛

远远的涛声，奔腾的脉搏

向海边奔去

这是纵情放歌的日子

来吧，我们排成行

像海鸥一样无畏

无畏的我们，散开去

在沙滩上腾跃、追逐和造型

今天，让时光倒流

我们青春一回

真的，如果可以

谁和我扬帆

浪花呵，听你拍岸

拍向水天一色的远方

2019 年 7 月 11 日修改

背　影

转眼来到了夏

想想日子无端地着急

那是夜空飘着不安的因素

不时闪烁

时光在飞逝，离别

意象已经在旋转

目送所及

忧伤远去的背影

水分日渐丰沛的夜晚

闷热得不行

灵动的气息（诗七首）

似乎有不少的话想说一说

却如同露珠消失在晨光中

岁月如此珍贵

珍惜有缘的遇见

只愿花绽放在彼岸

有香味传来就将那么美好

2019 年 6 月 7 日

重要的是

不论我如何吐气

都无法平伏随风浮沉的思绪

窗外，雨声大作

一片泽国

那一声声雷动

落下纷飞的丝丝缕缕

我屏息凝神

望向急速飘移的云

寻觅天边的月宫

薄暮惊鸿

蓦然间，小仙女
带着嫣然笑意翩翩而降
拨开了浓雾
亮起了一道金光

此时，不论是上苍还是大地
是神仙还是凡人
都不重要，重要的是
你来到了我的心上

2019 年 7 月 11 日

清闲日子

周末，我们一起运动
不做不适合自己的
但可以有一些别致的动作

虽说不知道是否创新
但我们很陶醉
能增添不少乐趣

平凡的生活，运动产生美
产生完美的结合

灵动的气息（诗七首）

可以陶冶性情

可以释放自己，身心愉悦
这是极高的生活品质
去仰望峰巅

我们勇于尝试一番
悸动的脉搏
呼吸雨后的清新

2019 年 7 月 6 日

小　暑

天空还没有完全展开
路面已经闪亮无比
这一切与我有关

我惊讶小院的长廊已潮湿
一幅幅画是否安然无恙
这是我需要关切的

这一阵阵的风
摇曳着藤下的瓜果

小灌木丛中泉眼冒泡

小暑前的这场骤雨
滋润炎热的日子
清爽了起来

2019 年 7 月 7 日

星星之夜

天上云在飘
裁一片为你做衣裳
那该是一种怎样的亮丽

露珠在晨间隐去
溅湿了枕边
为昨夜的星辰感动不已

闪烁的星星探向窗台
探向灯光下的你
品味行行诗句

沉思的脸庞原来如此动人
不忍惊扰

悄悄地入眠

软风轻拂的夜晚
铺设一场梦
慰藉寂寥

2019 年 6 月 10 日

　　任捷，系福建省作协会员、中国诗歌协会会员。现在中篇小说选刊杂志社工作。作品曾被《青年博览》《中外妇女文摘》等选载，入选《中国当代情诗精选》《2000 年中国最佳爱情诗》《中国大陆散文诗作家代表作》等多种选本。著有诗集《推开一窗的思念》，小说《鸟窝里儿女》《翠花兰兰和大松》等。

薄暮惊鸿

春风序（组诗）

◎ 高 云

京台高速公路

就像突然举手投足之间　就像

与目光所及的那份牵挂之间

一季雨水　落满人生苦短的年华

想起拂之不去的那份记惦

染绿了注定牵手的日子

无法再去期待

跨越崇山峻岭　一条蜿蜒的心路

满载临水而居的往事

遇见岁月蹉跎的码头

疏浚心灵狭窄的潮涌

不去感叹流年

用心翻阅所有晨风的慈恩

一种柔美的爱总在连接年年岁岁

一场干戈的怨却是凄然泪下的相守

彼此玉帛去除了芜杂的往昔

抚平内心汹涌和暗流

岁月是一双翅膀

抵达相互阅尽沧桑的归途

平潭公铁大桥

呼之欲出的万端景象

是汹涌激流之中气吞山河的磅礴意志

波澜壮阔　锁住的万里海疆

汇聚热血沸腾的精神力量

深深扎入海底的桥梁

川流不息的浪花在你的指尖上下飞翔

时光很远又很近

一如扁舟的海岛掠起青山与蓝天

向往与梦想安静下来

钢筋混凝土可以尽情歌唱

优雅而执着的穿越

舒卷着温柔缠绵的云蔚霞光

薄暮惊鸿

114

一桥风光无限地飞架西东

桀骜不驯的大海揽在怀中

水起水落　月圆月缺

感受前生后世的几亿年造化

而今天堑变通途

相见恨晚

牛山守塔人

这一阵浪涛只是一个片段

只是夜深人静的时候大海的畅想

这一簇潮汐只是蓝与白的交汇

抒写着缠绵情爱的短笺

而一个守塔的笑容和寂寞

却是临近海天的一双眼睛和耳朵

聆听立春与秋分之间的声音呀

台湾海峡碧海连天

浓雾中涵育一种淡定的情怀

暮色里护守海燕翔舞的安宁

日复一日地直面风浪

年复一年地护卫适航状态

手执这盏风雨无阻的灯塔

照亮冷峻与汹涌的航道

这盏一脸安详的灯塔

恰是太阳一身的光芒和温暖

这盏灯塔追寻着岁月

永远报送着两岸的平安

2019 年 3 月 21 日于平潭

　　高云，系福建省作家协会全委会委员、福建省民间文艺家协会理事、福建省文艺评论家协会会员、平潭综合实验区文学艺术界联合会副主席。曾在《福建文学》《台港文学选刊》等报刊上发表过大量的诗歌、散文、报告文学、小说和文艺理论等作品。著有《生命方程》《花开的日子》《走读山水》《一路走来》等诗集和《记忆深处的风景》散文集。主编"平潭文化丛书"《平潭民俗文化概览》《平潭文物概览》《平潭闽剧经典作品概览》一套三卷。《花开的日子》《探春》分别荣获福建省第 22 届、第 31 届优秀文学作品奖。

薄暮惊鸿

阳光是有形状的（诗六首）

◎ 绿 音

阳光是有形状的

阳光是有形状的
落在草地上是方的
落在花朵上
是花朵的形状

如果落在五角星花上
就是五角星形的

阳光在每一片绿叶上呼吸
有时吸的是氧气
有时吸的是忧伤

如果落在那只迷了路的小鹿上
它会抱住小鹿

如同抱住一个叹息

想念故乡

想念故乡就是想念童年
水蜜桃一样的脸

想念故乡就是想念荔枝、龙眼
那沁人心脾的甜

想念故乡就是想念鱼丸
煎蟹、米粉、面线

想念故乡就是想念一棵棵
遮天蔽日的大榕树
想念那不绝于耳的蝉声
和鸟鸣，想念夏日里
晚风吹来的
茉莉和白玉兰的清香

想念故乡就是想念
那变幻无穷的碧空

和倒映着碧空的闽江水

故乡故乡

每一棵榕树都是我的亲人

每一阵暴雨都是我

倾泻不尽的爱恋

云　端

每次坐飞机

都可以去看望

那些住在天边的人

从飞机的舷窗向外看

一簇簇云闪闪发光

那是夕阳折射的神旨

只见一部闪光的云梯

从一座巨大的云山顶端

倾泻而下

我的外公外婆爷爷奶奶也在其中

他们一个接一个地从云梯上

迅速滑下，落入云海中

我仿佛听到了他们的笑声

夕阳里，腾云驾雾的仙人们

肃立不动，仿佛在做晚祷

黑夜悄然吞噬了他们

把他们还原为满天星辰

在飞机的舷窗边

星辰们不断地向我眨眼

我向他们挥了挥手

租借幸福

我要向松鼠租借幸福

我的租金是半包花生

一勺谷粒

这只淡褐色的松鼠

纵身一跃

跳上了一米多高的铁盆

它像人一样站着

吃着花生

边吃边剥皮

并向我的屋里张望

想象人的生活是如何幸福

它终于心满意足地离去

留下一堆花生壳

它们像幸福一样

简单，平凡

夏天的风筝

奔跑着，飞舞着，跳跃着

它带着草地上的小女孩奔跑

带着她的卷发

挥动的手臂

和粉红的裙子奔跑

带着一轮夕阳奔跑

它卷起各色汹涌的云朵

撕成漫天毫无规则的图案

这只风筝——一条巨大的金鱼

在天空上跳跃，飞腾

一条飞奔的金鱼

一条让小女孩心花怒放的金鱼

它让天空上所有的晚霞都逊色了

哦，一条快乐而幸运的金鱼

康乃馨

当我走进
女儿的房间
她正在用铅笔
画一朵康乃馨

画纸的右上方写着
"康乃馨细细的
就像妈妈的心
那样细……
很细很细……"
画纸的右下方写着
"妈妈的心总会比爸爸的心
细得很多很多……"

画纸的左上方写着
"妈妈的心有时候会比康乃馨
更细……细很多。"

画纸中间是一大朵花
红和粉红交错在一起

她说那是她
想象中的康乃馨

画纸左下方的花呢
那是真的康乃馨，她说

那是一朵比真的康乃馨
还细的康乃馨
带着阳光的波纹

绿音，原名韩怡丹。毕业于厦门大学新闻系。在校期间任厦大《采贝》诗刊副主编。曾任记者、编辑。2002年赴美留学，获创作硕士学位。著有诗集《临风而立》《绿音诗选》《静静地飞翔》等。主编《诗天空当代华语诗选》（双语版）和《诗天空当代美国诗选》（双语版）等。美国《诗天空》中英双语季刊创始人及主编。诗作曾获福建省作协首届施学概诗歌奖等。现居美国新罕布什州。

风中的流水

◎ 荆　园

风中之岛

被风眷恋的小岛，

风雨都格外狂野，

连绵的石屋，

伏下身来，

屋顶上石头，

排出整齐的列阵。

等候风，等候雨，

等候一场场爱或不爱的缠斗。

一座石头与礁岩的坚城，

风撼不动的铁骨铮铮。

风车之歌

巨人们还在沙滩上，

孤独地挥舞着长剑。

候鸟还未捎来休战的消息，

信风已至，

带着太平洋深处的咸腥。

这白色的长剑，

是夜风中不熄的烈焰。

倚天万里，

是钢铁的身躯，

剑士的荣耀，

宿命的刚强。

风中的猛士，

为战而生，

因强悍而不朽，

因磨损而消亡。

锈蚀的磐石，

轮转成流沙。

四季的流水

日出，

即起航的信号。

海鸟俯冲向大海。

马达轰鸣，

人声喧闹。

蓝色的浮岛，

风雨中不沉的岩礁，

向着晨光，进发！

入夜的灯塔，

点亮一湾温暖的渔火。

风声正急，

水波摇曳，

礁石凝视着浪花。

灯塔的港湾，

永远的等待。

一个叫流水的小镇，

一个叫流水的码头，

潮水涨满又退去，

四季的流水，

击碎年复一年的哀愁。

2019 年 10 月 7 日，于平潭流水镇流水码头

荆园，湖北武汉人，"70 后"。美术学博士、高校教师，现居福州。

大海的声音

◎ 黄明安

晚上 10 点，母亲睡下了，村庄也睡下了。我一个人沿着白茫茫的道路散步，这已成为我回老家的一个习惯：无论阴晴，我在全村人进入梦乡时，都要沿着村庄溜达一圈。从我家出发，经过一个小卖部，穿过田野往海边走。今夜月色朦胧，我抬头看了一眼乡下清澈幽深的夜空，高悬的月亮和星辰，感到村庄安静极了！这种静对我有很大的吸引力，它使我想到儿时，那些跟母亲一起走夜路的情景；这种静还使我想到我生活的城市，彩灯闪烁的街道，来来往往的行人和车子。我回到乡下来，一周回来一趟，陪母亲安顿她迟暮的晚年。母亲已经高龄了，她没有得大病，可生活不能自理。我和弟弟每月给老家一点钱，请大哥多照顾母亲，就相约间隔回家探望。姐姐、妹妹、弟弟一般周末回去，每人在家两个晚上。我安排周三回去，一周一晚。我们这样轮值守夜，大哥就不会太辛苦了。从去年冬天开始，母亲需要人搀扶起来吃饭后，我们坚持了一年多。原来以为大年都过不了的老人，今年又平安地活过了一年。周三下午，我处理好单位的事情，提早下班回去。我开车到家时，看见母亲坐在门内的夕阳里，嫂子在择菜叶，大哥在看电视。母亲坐在圈椅上，垂着花白的头颅，一只手按着额头，我走到她身旁，把手放在她肩膀上，向她报告说，我回来了。

母亲抬起浑浊的眼睛，老脸上突然笑了。她看不见，摇着我的手臂问，你是哪个呀？

母亲从去年开始叫错我们的名字，今年上半年，分不清我和弟弟，下半年，她要重复好多遍才记住回家的人是谁。我向她报告后，她与我说话，内容都没有错，比如，她问我的妻子为什么没有一起回来，还问到我儿子。我一一回答她的问话，与她拉起家常，她一副满足快乐的样子。吃过晚饭，母亲上洗手间，她习惯性叫大哥名字，我搀扶她进卧室去，她处理完事儿后，站起来理好衣服，突然问说，几点了？我睡觉去，还是再坐一会儿？

我挽留母亲再坐坐，她像一个听话的孩子，最后被我扶上床了。

母亲歇息了，我对大哥说我走一会儿。

乡下天大，地大，空气好，呼吸起来肺部丝丝叫爽。我到了海边，站在海堤上看海，小湾里海水正在涨潮，月光之下，是一片长长的月影泛出来的幽光。海面之上，可见近礁远岛，和停泊在港湾里的渔船。几只小塑胶船，搁浅在沙丘上。

海岸边没有人。一条狗跟在后面，也突然不见了。我在堤岸上行走。堤坝外面，是绵延的沙丘、小海湾，对岸是另一个灯火闪烁的村庄。我往堤坝尽头走去，耳畔只有海水声，风吹过的呼声。我走到一片沙丘时，从口袋里掏出香烟，抽一支慢慢地吸起来。平时我无烟瘾，偶尔玩一支，是为独处——我发现烟也有好的一面，起码对我来说，这时候有烟就有温暖，有烟不寂寞。

我蹲在地上吸烟，模样像个渔民。这时候如果有人来，他一定看不到我的身体，只会看到一点火星，在月下的沙丘上闪着。

我一会儿看看海面，一会儿看看天空，静下来听海的声音。我发觉，大海在夜的深处，除了滩边水声，还有一种庞大的、空旷的、嗥嗥的声响。

深夜大海的这种声音，不是浪涛声，它不具象，它比具象的海水的声音大，也比海水的声音玄虚。如果勉强做比喻，它像大海的呼吸声。如果把海当成一个人，像这个人的呼噜声。今夜天清，地静，月朗，这种声音清晰。但这种没有具体参照物、无可名状、难以捉摸的声音，如果用文字写，真难找到字，它是"hao""hang""an"，声部很低很低，音域很宽很宽，音质又浑又厚。我无法形容它，但这种声音就在那儿。

我在寂静的沙丘上，听这种声音，"hao""hang""an"。

我听着听着，浑身的感觉全然来了。我与海和这种声音在一起，外物与我浑然一体了。我突然发现，我老家这片沙滩，海湾和岩石，月夜所弥漫开来的那种空旷、迷茫和神秘，真的好美呀！微风吹过来，带来一种气息。月夜的海无比宽敞、深邃和博大，月夜的海又是可观的、可亲的、可思的。我坐在沙丘上，听大海的声音，不禁浮想联翩。"hao""hang""an"是大海的声音，也是大地的声音，似乎还是天空的声音。让我感到惊奇的是，我刚到海边时，它并不呈现，我只听到海水的声音。当我坐下来，慢慢地，就听见这种声音。我竖起耳朵听它，它反而消失了；我不听它，它又在那儿。我不知道，海以此音发声，到底显示什么？海有所谓的意识吗？海通过我呈现它的意识吗？在这样安静寂寥的月夜，我甚至相信每一种物质都会发声：树木、石头和大地，它们都有声音，只是我听不到。生命存在的迹象，是一种声音的振动力吗？

我突然躬着身，用头抵住沙堆，我想听沙子的声音。

那时候我的样子像一位祈祷者，在无人的深夜的海边，我在向大海祈祷，向天地和万物祈祷，它们让我敬畏和膜拜：我想如果我足够纯洁，还会听到月光的声音呢！

没有比此更好的了：月色喧哗，从夜空洒下来，沛沛潺潺，荡漾在沙滩上，也激荡在我的心底。我在沙丘上，像一方石头，也像一泓海水。我突然想到，我从哪里看到一本书，介绍印度的修行者，有一种古老的音流瑜伽，那种音流就是这样的吗？我想告诉我的亲人，说夜里大海的声音，但估计无人听它。我想告诉母亲，可她老了。此刻，我在海边听"hao""hang""an"，体验一种辽阔、苍凉而壮大的孤独感！

终于，我站了起来，我要回家了。

月光如水，几乎让我整个人都浮起来！我在村庄里走着，悄无声息，梦游一般地慢慢往回走着，这时候我的心境，跟刚出门时不一样了。我仿佛从海边月夜里获得了某种安静的力量，它滋养了我的灵性，也洗涤了我的身心，使我对母亲的衰老以至不久即将来临的死亡有了认知。从母亲这里，我看到人生的局限性，她的衰老是不可抗拒的；但同时，我也发现了生命的平等价值。儿时的村庄与如今的村庄，已经过去几十年了，一辈一辈的人，像土地上生长的庄稼，一茬一茬，一季一季，从土地中来，又回归到土里去。可生命之链是永续不断的，来与去对等，生与死对等，喜与悲对等。母亲也许在哪个夜晚突然离去，但她能到哪里呢？她生命的种子不是一直蛰伏在我的心中吗？我此刻感受到的一切，不都是她给予我的吗？母亲现在耳目不敏了，但她的光芒仍在我身上照耀，并通过我延续下去。我想到我老死以后，也会有人把光传递下去！只是我想到，我此刻领悟到的这一切，我要传递的某种信息，母亲不知道，将来的人也不一定就能知道。我站在海滩上，望着大海辽阔的舞台，人类生存和抗争豪壮而悲哀的游戏，一幕一幕，一出一出，在我的心中持续上演。我像一个心怀悲悯的观众，熟知剧情又无动于衷。我所能做的，就是把心境记录下来。然而这只是一种留存方式，它并不代表有什么意义。因为我写下的文字，它是记忆的附属，而非我在海边所得。人在大多数情况下是无意义的——我们跟自然隔离，也与人隔离，为此心怀孤独。我们被时间捉弄，像个孩子一样无知，却不能像孩子那么纯净。我看到广阔的丘陵边缘，在山脉蜿蜒起伏的那边，一座一座房子并排而立。11点过后，没有哪家还开灯，那些房子在月下白茫茫一片。房子虚幻不实了，村庄也虚幻不实了。我慢慢走回家，就如走在一片旷野上！

"hao" "hang" "an"……

子夜时分直到 3 点，我照顾母亲起床多次，几乎没有睡，可奇怪的是，我好像也不太犯困。4 点小睡一下，5 点不到，又被母亲叫醒。处理好她的事后，天快亮了，我又到庭院里徘徊观望。我听到墙上的风声。我聆听天籁之声。我抬头看天空，月亮已经移到西天的苍穹，幽蓝的云影，清冷的星儿，澄澈的天幕，又吸引我看了好一会儿。

黎明时分，我还听到大海的声音。

"hao" "hang" "an"……

黄明安，1962 年生。就职于莆田市文联。作品散见于《福建文学》等海内外报刊。散文集《默想与温柔》获福建省优秀文学作品奖三等奖。

边　界（外四首）

◎ 林秀美

宝贝　我说不出一棵树绿色的边界

说不出梁野山的边界

说不出武平的边界

就像我说不出福建的边界

说不出海峡的边界

说不出地球的边界

宝贝　我无法说出一见钟情的边界

无法说出瀑布与河流的边界

无法说出森林与蓝天的边界

也无法说出现实与浪漫的边界

回忆与记忆的边界

同样

也无法说出生活的边界

思想的边界

薄暮惊鸿

如果你醒着

一条高悬的瀑布　准时迎来

轰鸣的声音　浩浩荡荡

四溅的水花

让谁开心地笑

暗暗地疼

如果你醒着

一条溪的距离

隔着一条溪的距离　你的爱意

并没有走远

一会儿在左　一会儿在右

你说

你多像梁野山的这条溪啊

流亡在命运里不肯低头

忍着哀伤怀抱梦想

跌跌撞撞　一路奔流

我是你的影子啊

前世的影子

如今我是轻的　是落在岁月额头的雾水

渴望在悬崖的尽头

与你飞身而下

在轰鸣中数着隔世的念想

一次又一次

我们沉浸在生活的悲喜里

或缓缓地流淌

或激昂地飞跃

世界那么大　人类那么幸福

溪流之上

只有风在来回奔跑

只有风

在来回奔跑

前世今生

这一片葱茏的庄稼地　梁野山上

绿油油　没有长出果实的七月

多么辽阔　大风刮过

溪流欢奔　你看

它快乐地一跃

生命在瞬间变化

飞跃的来生和前世是溪水

飞跃的今生是瀑布

就像我

前世和来生的等待

就为了在你面前

飞跃

成瀑

一寸瀑布

我只要一寸　一寸瀑布

梁野山那么多的瀑布　都留给你们吧

我只要一片　一片树叶

武平那么多的森林　都留给你们吧

我只要一声　一声蝉叫

龙岩那么多的鸟鸣　都留给你们吧

我只要一颗　一颗红星

天空那么多的灿烂　都留给你们吧

可是

所有的回忆　我要带走

所有温暖的故事

请原谅

我一个也不留

林秀美，福建明溪人，中国作协会员。诗歌作品刊于《人民文学》《诗刊》等，被收入多种诗歌选本，出版诗集《水上玫瑰》《想象》《河流是你》。曾获福建省百花文艺奖等奖项。现为福建省作协副主席兼秘书长。

薄暮惊鸿

舌尖散忆

◎ 陈　碧

鼎边糊和碗糕

住在城南白马河边一条叫"纸道街"的小巷时，每到农历三月底四月，水汪汪的清早，有时是从江中行船的鸣笛声中醒来，有时，是从邻居一户人家中的笛声中醒来——后来，那位吹笛的少年成为中科院地质考古的一位大专家。还有的时候，是从小街的叫卖声里醒来。那些悠远的叫卖，有中年女人的"炒米"，不必回想她的"其马酥"和"雪片糕""软油饼"，只要回想到她如唱歌一般叫卖"炒米雅好吃"带着慵腻的又清脆的嗓音，我的舌下已然生津。还有的叫卖人，那个橄榄油色脸膛的老头，如日本电影中沉默的父兄，他只不时轻轻一击担前的铁片，丁丁声仿佛是一道闪光的蛛丝，里面带着蜜的甜，把一街多少儿童飘摇的念想牵系了。谁家的大人叫一声"卡卡糖（丁丁糖）"，让他歇下担子，拿出糖凿，像现在要开喝一块茶饼一样，工具先行一步，就让人心中暗暗起了赞叹，是的，这必将引起其他孩子深深的羡慕。而四月的清早，林林总总的叫卖声里，叫卖栀子花的声音，是匆忙而且不是很用心的。

"水～支～""水～支～"那是卖栀子的妇人一早挑着花担，或推着装满栀子篮子的自行车缓缓行走在深巷。

到了我离开这条小巷，搬进"城中"前，我读到了汪曾祺的《人间草木》。他这样写道：说也是怪，栀子花粗粗大大，又香得掸都掸不开，于是为文雅人不取，以为品格不高。栀子花说：去你妈的，我就是要这样香，香得痛痛快快可，你们他妈的管得着吗！

这个真的就是栀子花。

廿四番风容易过，此时的花事，开尽荼蘼了，轮到山野气的栀子花"快闪"，霸气土气野气全然上身，就这样闯入春的光艳，它的花期和枇杷的果期一样，并不长（奇怪的是，近几年常常在园艺坛里看到它几个月的花期！）好像只有些天。"那轻，那娉婷，你是"的四月描写不属于它，"柔嫩"也不属于它，但是"喜悦"确实在它欢天喜地没心没肺的开放中跳跃着。

我写了这么多，只是想说，这时候，立夏就倏然、猝然来了。

立夏来了，既来之，则吃之。

立夏来了，就要"做夏"——咱们"民以食为天"，把二十四节气整出来后，每个节气也都安排了可以大快朵颐的物什，把节日过成以风味小吃为主的美食节日，犒劳自己的耳鼻口舌和肠胃。我们的民族多么有智慧，有足够的想象力与创造力，还有足够的审美情操，才能把物质文明与精神文明完美结合，取得双丰收——做夏，就是做鼎边糊和碗糕。

时光何其如飞刀。

一年过得一年，今年的立夏本来答应小孩给他做锅边糊，但竟找不到磨米的加工处，于是只能在街边的摊上买一碗聊以塞责——不能不感叹，过节气氛最浓的是小时候的日子。

立夏前一天，每户人家中都有一个人，或老或少，拿着一小袋大米出门去附近的一家碾米厂把它"加工"成浆。当然有少数几家大户，他们宽敞的厅堂中，也搬出尘封的石磨，在家里自己加工——这种对城里生长的孩子来说，它是诗意的工作，如果是独自一个人干这活，磨一会儿就心生枯燥感。但一年只干一次，而且只有个把钟头的活，孩子们像是中了汤姆索亚的毒，宁肯用苹果或玩具来换得他被罚劳役的涂墙活计。

一圈人围在磨盘边，一个人挥臂磨，一个人用小勺子从石磨的小孔中注水添米。干活的少年都已稍稍长大，因此尚能和平友好互相礼让，自己玩一会，就把机会让给别人。因此磨浆工作在轮岗中常飞快完成。

浆水汩汩地从磨槽中流注下来，一缕缕滴到早已盛在那儿的锅或大盆。用它直接来做鼎边糊即可。但很多家的浆磨好后，把大半部分装入布米袋，那种厚粗布做的布袋，放在大洗衣盆上斜架的洗衣板上，上面压着一块石头，这是一道控水程序。大约漉上两三个小时，也就可以做锅边、碗糕了、做油饼。

做锅边的米浆并不要控得太干。用大火烧开鼎中小半锅水，趁着大火热锅，把米浆环绕着锅的未被汤水浸过的上半截，即倒即熟。技术好，倒得又薄又均匀，一熟就用锅铲刮起，像蜕皮一样，一片片干米浆的"糊"就一卷卷的，整齐地落在汤中。汤中加了葱、熟鱼干（鲥鱼干），虾米等，一碗碗端出。中午的饭常常摆在门口吃，这一天更不必说。一群的表哥表姐，围桌而坐，大快朵颐，吸溜作响。

一边吃，忽然又想起某家锅边做得地道，有人不同意，则举证另外一家的好吃。

自己家做的鼎边糊，其实与当时店里做的并没太大差别。货更足、量更多一些而已。不得不承认，以前的鼎边糊做得比较认真，同时物质虽然匮乏，但物真而自然，绝无这么多添加剂或色素。比如商家买了虾，他们倒是不舍得把虾拿来煮锅边，那也太奢侈了，但他们会把虾身子剪下来，虾仁留下来之外，把虾头、虾尾、虾皮统统打包，放在锅里煮成汤，这种高汤，能不美味？还有蚬子肉。这种极贱、便宜的小贝壳类，在我小时候，可以在白马河里"摸"到，城市内河、池塘里也大多都可见，商家买来，把它汤熬煮出来，再把一个个蚬子肉细心剔出。这些都是锅边糊不可分割的肉身。你说这种制作，能不好吃？

可怀想的，就是那些旧日商家制作锅边糊的精心。

锅边糊的人生常常不是单打独斗的。其团队标配有两种。一个是油条、油饼，一个是碗糕或三角糕。这两种糕名是同一家公司两块招牌。立夏里与鼎边糊匹配的，更多是碗糕。碗糕的主要用材也是米浆。

家中日常要做碗糕时，常用的工具是瓷的酒盅——像玩具小碗，先把酒盅内壁抹上点花生油，倒入米浆，上面撒些芝麻，放入蒸笼——一种方言称之为"算"的一种藤编炊具。简装的也有，直接放在一个篦子上入锅上蒸，讲究的在炊具里面有放荷叶，但藤条蒸的，本身已有一种草木之香。锅中加水烧开，把"算"放入锅上，将碗上屉，旺火蒸15分钟便熟。

叉腰等水开！或者捻几只枇杷，坐在灶前吃得酸眉一攒。那是些还没完全成熟的果儿！

开锅啦！

怀着一腔雀跃的贪吃婆之心，烫手也不怕，吸溜吸溜地把小盅弄到桌上。烫着的指头自由啦，不知何以故，每每都不自觉地把两手的烫指头捏着自己的耳垂。紧接着，取一根竹篾，（我们家附近有一个手工组，很多妇女在家用竹篾剖成细条当缝缀用的"针线"，缝合斗笠中的竹蓑，使缀成一片）轻轻地在碗沿刮，把米糕剥离碗的黏和。看它已涨得开裂的白嫩嫩形象，此时像一只小兔子样轻轻一弹，贪吃的心不免一抖，食指大动了。

碗糕做得好，发的时间不长不短的话，它的口感暄、松、绵、软。

据说，立夏里吃碗糕，营养丰富，可以明目。

这个说法使它的立意与锅边糊等价——锅边糊里含的蚬子壳熬煮的汤也有清心明目之作用。后来读到地方的文史掌故，读到文史专家郑丽生先生的《福州风土诗》中有"栀子花开燕初雏，余寒立夏尚堪虑。明目碗糕强足笋，旧蛏买煮锅边糊"，证实了这一说法。

民俗过节，常还寓意深远，而以吃的方式传达、传播，就把寓意像蒲公英样吹开，种子四散成了地方的集体记忆，成了当地民众的 DNA——就像说起油条，我们叫它油炸鬼（油炸桧），象征着对英雄岳飞悲催命运的同情，对害人的秦桧夫妻的诅咒或愤怒，随着年代推移，很多情感渐趋式微，但多少，这种故事常常在不经意间被父母长辈传授给孩子，同时也就把民族的情绪传给下一代；鼎边糊，我们至少有一种传说耳熟能详，那就是与戚继光有关。戚继光入闽始于 1561 年，离开福建是 1567 年，福建各地留下了戚继光平倭的战绩与故事，像"光饼""鼎边糊"就是同类故事：话说有一天，戚家军歼灭律宗后，当地乡民备下丰盛的菜肴准备为官军接风。就在准备得热火朝天时，戚家军接到报告说又有一批倭寇来袭。因此戚将军命队伍马上集合，准备出发。百姓们着急，也心疼官兵们没吃饭就又要上阵杀敌护民。于慌忙中有人想出主意，就是将米浆用肉丝、金针、木耳、琛干等混在一起煮成美汤。米浆过锅边，即环倾即熟，不消几分钟，一锅锅都煮好了。将士们饱食后上阵，将倭寇全部消灭……

地方的记载很多，也使得食物因之而被赋予了许多情感。

和郑丽生先生一样，对民俗文化有许多记载的萨伯森先生笔下也吟过一碗鼎边糊：半洲庙畔鼎边糊，午夜开售到晓无。雪片皑皑汤弥弥，一盂滋味尽称腴。

萨老出身世家，却在不可描述的历史时期中，困厄贫塞，几至断炊。他曾写过一首诗，中有"老饕多少愧居贫"。他觉得好吃的东西很多，但价昂却只能让人兴叹，鼎边糊至少没那么贵，它跟粥价格一样便宜。

我不记得自己是否吃过很有名的"半洲庙前"的七省经略庙前的鼎边糊摊——那儿似乎离得我家很近，而最初，我哪知道它是有名的一家。我记忆中最有印象的是一家更籍籍无名的摊，那就是白河边的另一头，那家锅边糊摊是吃了几年。期间也并无发生什么事，只是时间足够久，印象便也足够深。那时候，我每天要骑大约一小时的自行车上学，早饭来不及吃，就要路边的鼎边糊摊吃一碗两碗热热的，顿觉一股热气直入丹田之中。有一个大冬天晚上，我读过《郑板桥诗话》中的一封给弟弟的信。次日早晨，在街边的摊中吃锅边糊时，突然心中非常感动，因为我想起了昨晚的那段："暇日咽碎米饼，煮糊涂粥，双手捧碗，缩颈而啜之。霜晨雪早，得此周身俱暖"。

周身俱暖，呵，这个美好的赐予。

恹长的初夏，午睡醒，突然听到楼下长一声短一声的叫卖："喔——，喔——"这个发音"喔"的东西，是马糕，下楼买了几片尝尝，跟小时候吃到的"喔"是两回事了，是因为以前的"喔"人家一杵一杵地手工舂出来的。现在恐怕只是机器的产物了吧。除此之外，它的配料恐怕也在这个污染日深的年代里发生了某些变化了吧。鼎边、碗糕的制作何尝不是呢？更何况，——比如今天，我上街买的蚬子，一斤 8 元，半碗不到，已经是水产品里的便宜货了，在这个年代，谁耐烦为了两元钱一碗的锅边把它剥开，露出肥白的肉身？也许只有大酒家里，有兴致吃点乡味的"包菜包包菜"等菜式里可见。可是已离我童年、少年记忆中的锅边糊，仿佛两世的人生。

"阿义"和荔枝

小区深处，一早醒来，天已大亮，蝉早开始在枝头大声鸣叫不已。

儿子说，夏天最可恶的是蝉，老是叫，也不飞下来跟我玩。

他只有在上于山或金鸡山时，偶从地上捡到蝉的遗骸或蜕下来蝉壳；还有就是感冒时，中医给开的"蝉蜕"，他也喜欢把玩。没有学过福州话的儿子，不知道蝉有一个名字叫"阿义"——"'阿义'叫，荔枝红"，"荔枝红，送丈人"是小暑前后的口头禅了。小暑节里，我费了老大劲解释两句福州话。儿子说，真的哦，笨笨的蝉傻叫时，每年都是可以吃荔枝的时候了。

"阿义"的名字来由，不知道是不是由于它的叫声相似于"翼——翼——"的声音。在那单调讨嫌的、频率不变的声音里，想来是这"翼——翼——"声催熟了一树树的荔枝。

童年时住在白马河边。河里多的是四季不绝而来的木头摊排，这里本来就是福州木柴集散地之一。河边有芦苇和沙滩，还有青青绿绿的水草，芦苇四周蜻蜓们从不绝迹。河边还有几株大榕树，榕树下有一户叫依珠的人家，除了有住家的屋子，屋外还有宽敞的一片菜地。

依珠是个小个子、长得像一枚炮弹的女人。她的脸上看起来，也像一枚小炮弹，绷得紧紧的皮肤上，锃亮的一层劳动人的健康色泽，仿佛新入伍的表哥偷偷拿给我们看的子弹壳的颜色。

说话干脆，做事情麻利得也像炮弹。

她的平房又比较低矮，又临河，甚至有暗暗的一道水流穿过她家院墙，在院子里流淌。

依珠在她家四边围了篱笆，种上丝瓜。这个季节里，丝瓜的小黄花就开得非常诱人了。我十分垂涎她家悬在风中、在瓜叶下飘荡的瓜果，一见到它们，心中有莫名的诗意感。

我的下牙掉了，朝上扔的地方，选择的就是她们家的屋顶。因为她非常勤劳，连房子都是自己和老公盖的，土墙砌得并没有太高，所以特别适合为掉落的牙齿寻找一个妥当的去处。我非常满意，因为每一次扔都顺利扔上去，这将意味着我的牙齿将来一个个都会顺利地长出来。

不但是我，而且是几乎我所知道的小朋友，大家都是朝她家的屋顶上扔牙齿的。我觉得除了因为屋子矮之外，还有一个原因，就是她的院落。

我说了依珠非常勤劳。但是她也有些不可接近。这因为她炮弹一样的身型，也因为炮弹一样快的语速与声音的质感。我曾经看到她有次凶别人家的小孩，我以为那个孩子将会吓尿了，并从此不敢轻易入她的果园。

但她的果园里的金龟子，天牛什么的，常常让我心生向往。特别是睡不着觉的午间时分。

夏天的中午是要睡觉的。那时候的中午常常冒着被父母责骂的后果于不顾，假寐，三个兄弟是分开睡的，两位哥哥在自己家里，把一副竹床拆分开，上半段归一个，下半段归另一个。

我则是被安排在宽敞一点的隔壁姑妈家，与表姐们在大竹床上睡。等父母查岗后，常各自从竹床上一跃轻盈而起，无所事事地度过漫长的中午。我有时候偷偷打开表姐的书包，把她的文具摆出来玩；有时候拿一张纸蒙着画描摹；在我自己有了一个哥哥处退役下来的铁笔盒时，不知怎么又有了一把刻刀——是医院外科的手术刀，外面裹着一层层的胶带，把笔盒翻过来，在上面刻纸。我干这事起劲了一阵子。

有一天，我在午饭时就得到一个信息，哥哥们等会要去粘蝉。被我知道了这个消息，他们是甩不掉我的。

我们穿出石板路的小街，拐到河边去。我神通广大的哥哥们不知怎么瞒过父母，成功地手持着一根长竹竿，竹竿上早已弄好了一坨的蜘蛛网。

粘蝉的、捉金龟子的、捉蜻蜓的，大家各有所获。那时候不觉得残忍，将复眼蜻蜓的屁股上扎上一根小小的竹签，使它飞不高。放飞它，让它艰难飞行，以此取乐。现在想来，只觉得无比罪过。蝉捉来了，把它放在火柴盒里，上面钻得几孔小洞眼，也会放几片瓜果类的在边上，傍晚或更迟的时候，它已不喜欢叫了，我们又寂寞得想起它时，就捏着它的粗腰，它就鸣叫。但这样，多半活不过几天就会挂掉；金龟子呢，也是同等待遇，火柴盒房子，被迫在我们视线下爬行，我们赏给金龟子它喜欢的金黄色灿灿的小丝瓜花，有时也有丝瓜、胡瓜们切下来的头尾带蒂处的一片。看它的爪子搂起菜叶或瓜果，这也会让我们入迷；就像看苍蝇停在自己膝盖上或手臂上，搓着两只细小的前脚时，也会情不自禁地觉得有趣。养几天，有时想不起它了，它竟死在里面，不过它的死和生，都长得一样的，只是死了就不会动弹了。还有时两三天它会不见了，也许飞走了。（抱歉）

哥哥们和他们同学常在一起议论哪里的蝉多，但一旦我知道他们的计划，他们就不得不接受这条不免碍事的尾巴紧紧地跟随。那天他们议论到去南禅山山上去捉蝴蝶。我追随着他们，路过一个池塘时，他们开始捕蝉。他们总是每次都能工具齐全。我一个人傻傻地看着池塘里开着一朵野橄榄花，不知道花是开在水里的，因为满池的浮萍飘满了整个水面，水面看起来就是一片草地一样，我一脚向池中奔去，一下子掉进池中半截。

这一惊吓，吓丢半条小命。我忘记了是自己爬上来的，还是被哥哥发现后捞上来的。

那一天回家，正好家里少有的买了荔枝，每人分了几颗，哥哥们自觉地把他们的份，转分给我几颗，算是封口费吧——太阳下山，黄昏的光正斜斜地照在我们家的走马楼里，坐在婴儿时坐过的“轿车”（竹的婴儿车，转90度，可以变成大人的板凳）里，面前摆着满满的荔枝，心满意足，感觉直如大富翁。那一年再过两个月就要上小学了。

第二天早上的“配粥”是昨天还没分完的荔枝。荔枝掰好后，露出它透明的果肉，把它偎在饭碗里，埋得不见一点痕迹，过了一会儿，它就吸收了饭的热量，把自己的汁液里的香甜也分泌出来，与米粥共享。但最终它们都成了我口腹之享受。

还有一种吃法，是至今为止，我所知道的绝无仅有的福州人吃法：倒一碟酱油，把荔枝剥后放入，蘸着下饭。这种又甜又咸的滋味，曾让我揣想过，闽菜最著名的"荔枝肉"——不知跟它可有瓜葛？

　　碰到蛀核荔枝，那时候就感觉像得了什么便宜似的。蛀核，荔枝的肉就厚，而且比一般的大核荔枝要甜，也许是心理作用？但好像，它是另外一种品种。

　　小时候剥的荔枝不知怎么就会有那奇技淫巧：每一个荔枝均能完整地剥它成羽衣一般的薄膜状态，它的膜有的是白色，略带桃红，掉在桌子上还会反弹一下。摸了半天，我才会恋恋不舍地把膜再打开，露出它凝脂一般的肉肉——有一天好奇心发，试剥，却一颗也不能完整如此剥出。不知是心性已异还是荔枝变迁。

　　过了几年，在课本里先读到"一骑红尘妃子笑"，再读到贾祖璋先生的《南州六月荔枝丹》，对荔枝，又有一番刮目相看的认识。也几乎同时，开始读《红楼梦》，宝玉送探春荔枝，用水晶盘子装——又一种诗意的荔枝了。我私下还是觉得要把它剥好了，或者到留一层膜，或者彻底让它裸出果实，配上水晶盘才更好看。

　　我离开白马河，早就看过了多场的福州的闽剧或伬唱，还有评话版的《荔枝换绛桃》。这是福州版的梁山伯与祝英台，甚至更壮烈。它发生的故事背景更缩小、更聚焦一点，就是安泰河的两岸，津泰路和朱紫坊河沿。

巧的是，我离开白马河，搬到花园弄宿舍时，发现隔壁是叶向高、龚易图的芙蓉园。而宿舍的后门，就是朱紫坊河沿——那个冷姑娘悲剧的发生地。

"芙蓉园"的二进的院内有一株老荔枝树，是福州古树名木之一。传说是叶向高手植，住在荔枝树下一位"台湾奶奶"，台湾人，嫁到福州，年纪已大，从格致中学教英文退休近20年了，满头银发。夏晚的时候，我在她家廊下聊天。有时候，树上偶有落下荔枝，扑落一下，在脚边。她儿媳妇种的花花草草十分兴旺繁荣，开满了夏晚的光阴。有一年，她回台湾探亲，带了一些台湾的缝衣针送给左邻右舍的老人家——这个针的针鼻是开放式的，不必"穿针"，直接引线就可以。但她收了每个人一分钱，据说是台湾的习俗。

福州的荔枝自然有名。就是那位隔壁院子的前人龚易图，这位拥有十全八美人生的官宦，生活惬意，甚至还建了一座"啖荔坪"——在乌石山上的双骖园。他还作诗记之："平生最爱说东坡，日啖荔枝三百颗；天下几人学杜甫，安得广厦千万间。"

但最最最有名的福州荔枝树要算是西禅寺的荔枝树。据《西湖志》：吾闽荔枝，胜于岭南巴蜀，西禅所产尤美。相传寺荔盛时至五百株，康熙时仅存百株。鹑火之次，炎云流空，寺正殿前后绿叶扶疏，虬龙竞舞，累累树间者，无不骈火实而缀（赤贞）珠。寺僧候熟日，折束招客，谓之"开园"。开园之日，客车骑联翩至，凉飚拂袂。井华浸盘，丹蕤恣掇。绛囊徐剖，解醒痊疴。莫不吸沆瀣而酌天浆也。……颇有点像如今的豪门的私家聚会。

去过西禅寺很多次，观赏著名的千年古荔多次的了，我实在看不出这株几乎与西禅古刹齐名的树有什么特别，使那么多文人墨客题吟于此。"荔树四朝传宋代，钟声千古响唐音。"也许，活得够老，见证过够多，使它有资格成此种种最最最吧。

科普的荔枝，已经有很多文字了。比如，蔡襄《荔枝谱》是最早记载荔枝的科普书籍吧。写得很翔实。比如，他写"陈紫"："其树晚熟，其实广上而圆下，大可径寸五分。香气清远，色泽鲜紫，壳薄而平，瓤厚而莹，膜如桃花红，核如丁香母，剥之凝如水精，食之消如绛雪，其味之至，不可得而状也。"色香味各方面都堪称"天下第一"。以陈紫标准，还把各种荔枝按品质分为上、中、下三等，其曰："荔支以甘为味，虽百千树莫有同者，过甘与淡，失味之中。维陈紫之于色香味自状其类，此所以为天下第一也。凡荔枝皮膜形色一有类陈紫，则已为中品。若夫厚皮尖刺，肌理黄色，附核而赤，食之有查，食已而涩，虽无酢品，自亦下等矣。"

小暑，"阿义"的叫声将歇时，读到这一段，心生感慨：诶，做人可能也是如此吧。厚皮尖刺、食之有查、食已而涩，自亦下等……

薄暮惊鸿

陈碧，福建长乐人。《海峡姐妹》编辑部主任。曾获福建省新闻奖一、二、三等奖数十项。

鱼粄店

◎ 练建安

引 子

我和唐蓝、文清来到千里汀江下游白水镇的时候，正是炎热的夏日。发达的陆路交通，使汀江运输基本断绝，往昔船帆云集的古镇，如今成了一个不起眼的乡野角落。曾经热闹非凡的石板码头，弃置多年，石缝里长满荒草。传说中的"邱记鱼粄"店，坍塌成废墟，偌大地方，种上了蕉芋、番薯和南瓜。南瓜藤蔓长势旺盛，四周攀缘。骄阳之下，金色的喇叭花繁密点缀。那7棵挺拔枫树依旧枝叶葳蕤，风吹过，沙沙作响。遥想当年，"邱记鱼粄"店，水陆闻名。店门常开，汇聚八方风雨；人来客往，见惯世态炎凉。故乡不远，昨日不再，回首青山叠叠，感慨系之，援笔作《鱼粄店》传奇五题。

杀 手

白水潦头，白屋白鸡啼白昼；

黄泥垄口，黄家黄犬吠黄昏。

汀江下游闽粤边界的白水镇，五方杂处，人货辐辏。

镇子坐西向东，背山面水。《临汀志》记载："天下水皆东，唯汀独南。"汀江抱镇南流。

白水镇码头，是个大码头，鹅卵石铺就宽阔场地。东端，百十级石板台阶，伸入江湾；西端，一座"义薄云天"青石牌坊巍然屹立，连接街市。连接处，7棵大枫树参差错落，树影下，有一处青砖黑瓦的客家建筑，前店后院，门前招幌飘飘，曰：邱记鱼粄。

邱记鱼粄的店主，为邱锡龙，汀属八县"连万山"木纲行的副总理，乃乡间财大势雄的人物。

鱼粄，客家传统风味小吃，捶打新鲜鱼肉片，按一定比例与地瓜粉等混合，蒸熟成粄。夹一块刚出锅的鱼粄，热腾腾，颤悠悠，香喷喷，沾上葱头油、蒜瓣辣子、老陈醋或豆腐乳，实在是美味佳肴，耐饥耐饱。

这一日清晨，白水镇笼罩在茫茫的薄雾之中。春水蜿蜒，静静流淌，江面上的百十条形似鸭嫲的篷船，三三两两停泊，一只乌黑的水鸟在斜插水面的竹篙上嘎嘎鸣叫，突然窜上半空。

刚打开店门的满堂，吓了一跳。

满堂，乳名，学名邱银凤，是一个身形瘦弱的打杂伙计。

满堂嘀咕："哎呀，要吃两帖惊风散嘞。"

更让他吃惊的是，那条鸭嫲船上，跳下了两个怪人。

怪就怪在他们一高一矮，斗笠蓑衣，步伐一致，并排拾级

薄暮惊鸿

而上。

天气晴好，搞脉个（什么）蓑衣斗笠呢？

搞怪之人必有搞怪之事。

满堂想关店门，可是，来不及了。两个怪人已经来到了邱记鱼粄的招幌之下。

"鱼粄，有吗？"

"有，有有。"

两人进店，找靠墙壁斜对店门的西侧位置坐定。

日出，雾散。阳光照射在树冠上，折射入室。打量四周，店内大堂，三纵三横，放下了9张八仙桌。

后厨传来燃烧木柴的噼啪声和铁锅蒸煮食物的噗噗声，鱼粄香气飘荡。

两个船工模样的，踏入店铺。一个叫道："老规矩，来5斤……"另一个急忙拉住他："来5斤黄酒！哎呀，走错啦。鱼粄店卖脉个黄酒嘛。"

两人几乎是跑出去的。

一些老食客，踩着节点，陆续来到店门口，看到怪客，都躲开了。

一拨拨行人打从鱼粄店前经过，瞄一眼，一下子加快了脚步。

店内，高个子手中把玩着两枚铜板，叮当响。吹口气，放在耳旁听。反反复复。

"铜的，就是铜的。"

矮个子紧抿嘴角，从腰间掏出一柄长柄铁凿，又掏出一块土布，呵气，擦拭，嗅嗅。一遍又一遍。

太阳升上东山，阳光普照。

后厨鱼粄香气，弥漫店铺。

石板码头，人来人往，开始热闹起来。各种响动开始汇成隐隐约约的街市之声。

鱼粄店，冷冷清清。

一只绿头苍蝇，盘旋飞舞，嗡嗡叫。

矮个子扬起左手，示意不要出声。

满堂躲在柜台后，大气也不敢出。

亮光一闪而没。

那把铁凿又回到了矮个子的腰间。

绿头苍蝇被削成两截，半截掉落在擦洗白净的木桌上，头身兀自打转。

矮个子笑了，咬牙切齿地笑。

矮个子向满堂勾动指头。

满堂："客官，做脉个？"

矮个子："打赌。这只苍蝇，公的，还是母的？"

满堂："俺，俺不……晓得。"

矮个子："俺猜是公的。"

满堂："公，公的。"

矮个子："母的，就陪你睡觉，要不要？"

满堂："虫子，不好睡，不好。"

矮个子："俺说给你睡，你就睡。唔？"

满堂：“您说睡，就睡。”

矮个子：“癫牯！虫子，你怎么睡？你的家伙比针眼还小吗？！”

满堂：“不，不是的。”

矮个子：“不是就好。长毛了？”

满堂羞红了脸：“有。”

矮个子：“多不多？啊？”

满堂细声回答：“一点点。”

矮个子：“黑的？白的？”

满堂：“……黄黄的。”

矮个子笑了：“阿弟呀，哪里人呢？”

满堂：“白水镇，本地的。”

矮个子：“白水镇，好地方啊。阿弟，晓得有个铁关刀师傅？”

满堂：“晓得，卖狗皮膏药，做把戏的。”

高个子插话：“他还做把戏？”

满堂扭过头，说：“前个圩日，俺还见过……他的。”

矮个子：“嘿嘿，你是天天见他的。这个时辰，他该来吃鱼粄了吧？”

说到鱼粄。高个子叫道：“鱼粄，10斤；兜汤，2碗。快去！”

满堂转入后厨，一会儿，用托盘端出了他们要的食物。

高个子掏出银针，来回插。

矮个子盯着满堂，似笑非笑。

细看，银针不变色。

鱼粄店

157

两人扶起竹筷，慢慢吃。两双眼睛交叉逡巡，一只蚊子飞过，也难逃他们的监视。

"行行好，给点吃的吧？"

南山庙的老叫花子托着破碗，又来了。

矮个子一扬手："去，自家买。"

两枚铜板，两道亮光晃动，一快一慢，一前一后，飘落在破碗里，无声无息。

老叫花子嘀嘀咕咕，转身离去。

这顿饭，两人吃了很久很久。

阳光穿过窗棂，斜射入屋。空气中，清晰地舞动着粒粒尘埃。

没有其他客人。满堂坐在柜台后，耷拉着脑袋，好像是睡着了。

"他是不会来了。"

"缩头乌龟！"

两人同时起身，要离开。

满堂一个激灵，醒了。

"客，客官，铜板，18个……铜板。"

高个子走过来，嘻嘻一笑："俺说，绿头苍蝇，是公的。你睡不睡？"

满堂："不睡，俺不能睡。"

高个子摸出一块银圆，晃晃，拍在柜台上："不用找了。"

银圆嵌入了坚硬的鸡翅木内。

满堂浑身发抖，说不出话来。

两人哈哈大笑，扬长而去。

两人走出店门。

两人向街市走去。

两人来到"义薄云天"石牌坊下。

阳光，把他们的影子拖得很威猛很拉风。

"轰隆"一声巨响。

青石板砸了下来，迅雷不及掩耳之势。

黑药丸

时近巳时，阳光照在大枫树上。

枫叶青翠，江风吹拂，闪烁蜡样亮光。

鸣蝉吟唱，高一声，低一声，断断续续。

邱记鱼粄店格外热闹。

"连万山"木纲行副总经理邱锡龙很高兴，他的三姨太生了两个带把的双巴卵。连续3天，邱记鱼粄店每日提供99斤鱼粄和99碗兜汤。来客吃喝，一概免费。

99，谐音，久久长。

客家风俗，有讲究，多一碗，也不能给。

食客中，有一名衣衫褴褛的老叫花子，大家都晓得他是住南山寺的。他独占一桌。旁人远远地躲着他。

呸！臭叫花子。

一份鱼粄一斤，老秤16两。老叫花子拗折竹筷篾丝，切割得齐齐整整，细若指甲盖。他轻轻地夹起一块，蘸上葱花油和蒜瓣酱，慢条斯理，放在伸缩的舌头上，闭眼吞咽，喉结滚动。

老叫花子长长地吐出了一口气，很惬意，余味无穷。周边热闹，似乎与他无关。

满堂端起木托盘兜汤，走过。

"哎，哎，都3日了啊，挪个位置呀。"

"哈哈，俺晓得你叫满堂。满堂哪，鱼籽好吃啊，添一滴子（一点点）？"

"不要钱的，还不好吃？半滴子（半点）也没有啦。"

"你这后生，直筒子，会吃亏的。"

大堂9桌，8桌满客，独这边有空位。

满堂看到，阿莲来了。

她是常年给张记米铺挑泉水的，一个长辫子姑娘。

一手鱼籽，一手兜汤，她犹豫片刻，移向老叫花子。

"老人家，借光，借光。"

"嘭嘭"两响，两碗鱼籽兜汤搁在桌上了。

"呀，烫哪！"阿莲往双手呵气。

老叫花子正品味美食，没有反应。

"大乳姑！"说话的是旁桌的一个粗壮汉子，敞开汗衫，露出胸口黑卷毛。他双眼喷火，盯着阿莲看。

"大乳姑！"这次，卷毛壮汉怪叫，引来了阵阵哄笑。

阿莲羞红了脸，下意识地扯动上衣，低下头。

"啪嗒！"

一块半两左右的鱼粄，打在阿莲的胸脯上，黏着。

"哎呀！"阿莲尖叫，不知所措。

食客们不约而同都看了过来。

满堂惊讶得张开了嘴巴。

卷毛壮汉四下张望，叫道："咦，鱼粄呢？俺的鱼粄呢？"

满堂眉头紧皱。怎么办呢？这家伙是近期出现在白水镇的流氓无赖。前日，他跟跟跄跄靠在一个过路的潮汕客商身上，就倒地不起了。同伙围上去，硬是敲诈了人家30两银子。

"哈嗬，鱼粄在这里呀！"卷毛壮汉抢奔过去，双手抓向阿莲的胸脯。

"哎呀！"阿莲双手掩面。

一根竹筷，快如电闪。

"哎哟哟！"卷毛壮汉惨叫，瘫坐在地砖上，龇牙咧嘴。

老叫花子慢悠悠地吃下最后一块指甲大小的鱼粄，端起鸡公碗头，一口气喝下满碗的牛肉兜汤。

老叫花子亮出碗底，确实是点滴不剩了。

老叫花子抓起自家的破碗与木棍，起身便走。停下，问："卷毛狗，七里滩的？"

卷毛壮汉伸长脖子："你，你不要走，你等着！"

老叫花子扔下3粒乌黑药丸："3个时辰。"

3个时辰脉个玄机呢？

"报官呀！"有人咋呼了一嗓子。

老叫花子回看。

店铺内，顿时鸦雀无声。

决输赢

秋天来了，天高云淡。

石板码头的七棵枫树，醉了，枫叶红艳，纷纷扬扬飘落，遍布台阶。

几双大草鞋踩踏在落叶上，又移动开去。

几个光脊背的汉子，肩挑米谷包，噔噔直上。

白水镇是个大码头，千里汀江至此，形成百十米落差，上游货船难行，须卸货并挑运到下一站粤东石头坝重新装船，此为"驳肩"。石头坝货物上行亦然。常年有七八百挑夫，以卖苦力谋生。

依托相应地域的商帮，挑夫形成了武邑、杭川、大埔三个帮派，有各自的会馆与武馆。

今日，多武邑来船，武邑帮的200多号人吆三喝四的，一顿饭工夫，就卸下了上游来的稻谷，起肩，翻山越岭，挑往石头坝装船下运韩江。

荣昌妹，山寨下人，是一个普通的客家后生，俗称"藤阵人子"，意即像爬藤一样攀附于人群堆中之人。客家男性，乳名后缀多有妹字，如石桥妹、太阳妹、榕树妹，其中不乏彪形大汉，切勿望文生义，造成误会。

荣昌妹读过几年私塾，背得出《三字经》《百家姓》《千字文》，会打船灯（跑旱船）扮艄公。客家习俗，正月出船灯。观众围聚，荣昌妹开腔唱道："老汉俺叫张宝生，家住武邑贤溪村。撑船摆渡不容易呀，大风一起抖抖颤。"

土腔土调，身手花样多且柔若无骨。观众满场喝彩，称之为"花艄公"。

这日上午，荣昌妹挑了两趟稻谷，后一趟，只有半担，鸭嫲船上搬空了嘛。荣昌妹挑担踏上台阶，脚步轻捷。这时，他发现了一个宝贝。

脉个宝贝？

是一颗长在石头缝里的野菊花。花朵金黄灿烂，迎风摇曳。

荣昌妹放下担子，跳过去，掐了，别在裤腰带上。

登顶，路过邱记鱼粄店前。

店铺门侧旁，竖立着一排排担杆络脚。

担杆络脚，挑担的工具。络脚，棕索为之。

"全福寿啊，双生贵子！"

"全福寿啊，五经魁呀……"

店内，传出猜拳酒令。

哦，杭川帮的那些人，没有接到生意，就搞来黄酒，喝上了。

粄汤浓香飘出。荣昌妹咽了咽涌动的口水，快步通过。

"噫兮，半嫲牯（不男不女）！"

"嘻嘻，真个系半嫲牯。"

"哪个呀？"

"喏，那个挑担的，腰间插了脉介啦？"

鱼粄店

163

"嗬，嗬嗬，一朵花啊。"

"噢，山寮下的花艄公。"

"半嫲牯！"

"酸。"

"酸货！"

在客家地区，"酸货"的侮辱性，甚于"半嫲牯"。荣昌妹顿时血脉偾张，撂下担子，大叫："谁？说谁酸货？"

"嘭！"酒碗撽在木桌上，一个黑汉子跳将出门。

"哎呀，酸货！就说你，半嫲牯，咋啦？"

荣昌妹觉得眼前一黑，定睛一看，黑汉子正是"五梅武馆"的教头，教打师傅邱文豹，怯了，嘟哝道："俺不酸……俺不是酸货嘛。"

邱文豹厉声道："瞧瞧你，半嫲牯，腰间插花，不是酸货系脉个？"

荣昌妹说："菊花，驱蚊虫。俺怕乌蚊子咬。你……你管得着吗？"

"哟嗬，还嘴硬。俺今晡（今日）就要管教管教你！"邱文豹跨步上前，左掌虚晃，右手抓向对方腰间。

荣昌妹闪开，邱文豹接连落空。

话说，这个荣昌妹，平日挑担，闲时习武，也是有几下子功夫的。

邱文豹是教打师傅，扑了几次空，脸面上就挂不住了，号叫一声，双腿连环踢出。

这招有讲究，叫"连环鸳鸯腿"，是他的绝招之一。

"啪！"一脚打在左肩上，荣昌妹跌了个嘴啃泥，铲形门牙磕断了两颗，疼哪，摸摸，满掌鲜血。

"俺的牙，俺的门牙哟。"

荣昌妹哭了。能不哭吗？缺了门牙，还怎样装扮俊俏的艄公呢？

一群担夫赶到，撂下担子。为首的，是凤堂伯。

凤堂伯是武邑拳馆的教头。他认得邱文豹，正月拜年，两人各带狮班，暗自较劲，就是都避开了，从未交过手。

"邱师傅，欺负小辈，算脉个好汉？"

"哟嗬，你这做师傅的，又能咋的？"

"一个老实人，哪里得罪了你？下此恶手。"

"自家学艺不精，怪谁？活该！"

"邱师傅，你想做脉介？"

"哼哼，做脉介？别人怕你的铁线拳，俺不怕！"

"好吧，今哺就向邱师傅讨教几招。"

"请便！"

凤堂伯紧了紧腰带，后退一步，侧身，平伸左手成掌。

邱文豹也后退一步，做出了一个"五梅拳"的请拳架势。

店内那群伙计，推开酒碗，呼啦围聚过来。

武邑挑夫纷纷抽出担杆。

就要打起来了。

"胡闹！"

鱼粄店

165

邱锡龙出现了，长袍马褂，左手掌上，旋转太极球，咔嚓，咔嚓咔嚓。

大乡绅说话，不紧不慢："都是本乡本土的，撕破脸，就不好看了啰。这是打架的地方吗？乱拳乱棍的，伤及无辜怎么办？要打，你们到土冈背去打嘛。公平比武，场地是现成的。"

邱文豹："明日正午，你敢吗？"

凤堂伯："一对一。"

邱文豹："一对一！"

凤堂伯："一场决输赢。"

邱文豹："一场决输赢！"

两边的人，都散了。

荣昌妹回到家里，已是临夜。点亮油灯，凑近镜子，门牙残缺处露出黑洞，还隐隐作痛。他越想越气愤，转入内室，从床下拖出一个铁盒子，打开铜锁，找出了一张田契，吹灭油灯，出门。

村中七转八转，绕池塘，过晒谷坪，他走进一座围龙屋，穿堂入室，来到中厅。

油灯昏黄，朦朦胧胧，一位精瘦老人，呼噜噜吸食水烟筒，吞云吐雾。

"五叔公。"

老人抬眼："狗东西，无规无矩，吓俺要吃惊风散啦。"

荣昌妹递上田契："五叔公，俺愿意卖了。"

老人吹气。

"噗。"纸引末端火苗蹿出。

老人说："叫你卖，你不卖。咋又愿意了？这一亩三分水田，可是你爷娘留给你的老婆本嘞。"

荣昌妹说："五叔公，您老不要问啦。往日里讲好价的，俺就要八十块大洋，现钱。"

老人问："门牙呢？漏风，讲话怪声怪气的。"

荣昌妹说："五叔公，求您老别问了。"

老人将田契归还，闭眼吸烟。

"噗噜噜……"

"噗噜噜……"

荣昌妹说："五叔公，您老说话呀。"

老人慢悠悠地说："老侄孙啊，八十块现大洋，去年是预留好了的，你不卖。现如今呢，存钱不多。你是叫俺老人家去偷去抢啊？"

荣昌妹说："您有多少？"

老人伸出一只手，又开五指，摇了两次。

荣昌妹跳了起来："五十块！不卖了，俺找别人去。"

老人说："五十五块，现大洋，当当响的。爱卖不卖的。"

说完，老人起身，捶捶后腰眼，困了，要去歇息。

荣昌妹说："卖了！一手交钱，一手交田契。"

老人说："急脉个？请华昌先生来，写明文契，也作个见证。"

华昌教私塾，也是荣昌妹的启蒙先生。得到消息，他携带文房四宝，很快就过来了。

荣昌妹起身，鞠躬："先生，麻烦您了。"

华昌先生说："你的事，俺都知道了。那块地，你想好了？"

荣昌妹："想好了。"

华昌先生说："士可杀不可辱也。好，俺给你写。"

具结了卖地文契，荣昌妹提着钱袋子，走出了围龙屋。

月亮升起来了，照在晒谷坪前的池塘上，银光闪烁，蛙声时起时伏。

荣昌妹扭头向东山走去。

月影下，半山有一座残破茶亭。

茶亭侧屋，火光闪闪烁烁。

嗅嗅，有茴香、桂皮、生姜和狗肉浓烈的气味。

趴在地上吹火的人，感觉到异常，瞬间跃起。

这是一个精壮矮子。

"哦，荣昌妹呀，闻到狗肉香啦？"

荣昌妹将钱袋子扔在地上，发出闷响。

"老表，五十五块，够不够？"

"问你脉个生意？"

"明日正午，土冈决输赢，俺就要邱拐的两颗门牙。"

"呵呵，下午挑货，就听说你缺了两颗门牙，还真漏风哪。"

"够不够？不够先欠着。"

"俺打不过人家。"

"你装傻。"

"俺一个外乡人，就是个挑担卖苦力的。"

"干不干？"

"给钱做脉个？"

"回家去做老本。"

"你这老本哪来的？"

"卖地。"

"收不了手，莫怪。"

"俺只要邱拐的两颗门牙。"

矮子老表嘻嘻一笑，揭开锅盖，热气蒸腾弥漫。

两指夹起一块狗肉，矮子老表说："野狗咬人，俺一拳敲在狗头上。野狗，又不是老虎。来一块？"

荣昌妹摇头，捂着腮帮："牙根疼，吃不得。"

次日中午，土冈，阳光热辣。

"五梅武馆""武邑拳馆"师徒云集。

"大埔武馆"的老马刀，做了见证人。

凤堂伯说，俺贪杯误事，拉肚子，浑身软绵绵的，无力对决，改派徒弟出场，可否？

老马刀当即许可。

时辰到。矮子老表出场应战。

邱文豹一看就笑了，说："矮子老表，手下败将嘛，滚回去！"

矮子老表说："滚哪里去？你那尼姑拳，只不过是小打小闹花架子。俺一个外地人，让你三斤盐，你不识秤星！"

邱文豹大怒，溜马来攻。

矮子老表闪开，回手就是一拳，拳背砸落了邱文豹的两颗门牙。

邱文豹号叫，一抬脚，拔出匕首，猛力刺来。

矮子老表不退反进，两掌拍击对方两肋，随即跳开。

邱文豹愣怔片刻，瘫倒在泥地里。

斗　台

汀江冬月，细雨蒙蒙。

"吱嘎嘎嘎……"

一大早，满堂推开两扇厚实的木板，打开店门。

咕咕声。他抬眼看去，一群小鸟栖居在枫树间。毛毛雨飘洒在鲜艳的枫叶上。枫叶湿润，掌状裂片顶端，凝结水珠，挂在那里，滴落。

在这微雨寒冷的天气里，喝上一碗热腾腾的牛肉兜汤，是多么惬意的事。

食客们陆续来了。

左后靠窗角落，这些天老是坐着一个穿灰布长衫的后生，苦瓜脸，八字眉，身形瘦长。他吃完粄喝完汤，就呆坐看江。

八仙桌上，放着一只竹制草笼。

蜡黄发亮的旧草笼。

耀贵叔进来了。他是推鸡公车的。闽粤赣边，铁脚板挑担以外，鸡公车是重要的运输工具。推鸡公车的人说，脉个鸡公车？那是诸葛武侯的"木牛流马"。懂吗？

耀贵叔送完货物，通常是要来吃粄喝汤的。

耀贵叔端了粄和汤，来到苦瓜脸这边，放下盘碗，顺手要将草笼拨向一边。

苦瓜脸一掌挡住。

哎哟，手劲还挺大的。

耀贵叔看到了苦瓜脸眼光中的怒火。

"做脉个，做脉个呀？"耀贵叔自言自语，带着粄和汤走开了。

苦瓜脸继续发了一阵呆，背起草笼，走出店门。

屋角的两个汉子，一左一右，叠脚跟了过去。

满堂看到，苦瓜脸眼角潮湿。他或许是想起了脉个伤心之事吧？

能不伤心吗？

他是吹鼓手的，黄泥塘人，人称阿祥师傅。吹班的人，旧时属下九流。主家来请，客气地称之为师傅；吃饭时，总是安排在下厅的角落，上不了席面。更有甚者，朝廷规定，吹班子弟及其后裔，不得参加科考。往昔一流的民间艺术家，技艺精湛，地位却远不如今日的"三流明星"。

阿祥之父是汀州喇叭王。

喇叭就是唢呐，客家民间称之为鼓手、鼓吹，或者叫嘀嗒。

话说，九年前的正月元宵，杭川县城设唢呐擂台，商会赏封三百块银圆。

一时，闽粤赣边八大班齐出，高手云集。

汀江流经杭川，三折回澜。这时，慢悠悠走来一位穿灰布长衫的行人，背草笼，过水西渡，入城。

杭川文庙，喇叭声声，八大班高手斗台正酣。

长衫客不慌不忙，从草笼里取出两支长短喇叭，嘴管安插在左右鼻孔里。

就有识者说，啊，鼻孔公嫲吹呀？稀奇！

长衫客试声，却是平平常常。猛然，一曲破空而出，撕裂长风。

"公吹"酣畅、浑厚，"嫲吹"柔和、圆润、清亮，刚柔相济，悦耳动听。

哦，《高山流水》。

长衫客微闭双眼，《全家福》《抬花轿》一口气吹奏下来，当他开始吹《百鸟朝凤》时，感觉到八大班都收声了。不过，他还是把高难度的《百鸟朝凤》如期完成了，当喇叭的最后一个音符在空中戛然而止之时，文庙爆发了雷鸣般的掌声。

长衫客知道，他赢得了赏封，赢得了喇叭王的称号。

新晋喇叭王得胜回乡，途径汀江荷树坳，神秘地失踪了。奇的是，江边一棵荷树上，高挂着他随身的草笼，公嫲吹喇叭完好无损。赏封呢？不翼而飞。

喇叭王的儿子，就是阿祥，13岁，酷爱吹喇叭，遂投拜名师学艺。名师的头徒说，此人聪慧，教会徒弟，饿死师傅。名师就留下他做杂务，不教。夜深人静，阿祥就把喇叭浸在水盆里吹，得闲，跑到深山老林吹。转眼过了5年，秋收后，农闲。

邻县师傅上门挑战，名师出场。来的是硬脚，名师斗台力不能支，累得吐血。阿祥说，师傅，俺来试试。阿祥一出手，就是《百鸟朝凤》。来人听了几个乐段，一拱手，说声佩服，车转身，走了。

阿祥斗台获胜，甘愿服侍名师3年。

3年后，阿祥要走了。名师送了一套唢呐给他，说，徒儿啊，地方就是这么一个地方，为师难免会逢到你嘞。阿祥说，俺能避就避。不能避，就请恩师赏一碗饭吃。

阿祥出了师，躲着名师走。几年下来，大家相安无事。

昨日，"赛百万"张大炮老爹八旬晋一大寿，大宴宾客，遍请吹班。阿祥与名师狭路相逢，斗台，师兄弟们东倒西歪。名师铁青着脸，拂袖而去。

阿祥来喝兜汤，这是最后一次。满堂再也没有见过他。

半年后的一个中午，江风不起，天气闷热。耀贵叔把鸡公车停放在邱记鱼粄店铺外，进来吃粄喝汤。

"满堂，你还记得那只草笼吗？"

"脉介草笼？"

"苦瓜脸的草笼呀。"

"哦，俺记起来了。"

"嘿嘿，奇了怪了。"

"有啥奇怪的？"

"人不见了，草笼挂在荷树坳的荷树上，跟他老爹一模一样。"

绝　招

邱锡龙长衫马褂，衣着考究，端坐在东窗之下，手持调羹，轻轻荡开鸡公碗头里的青黄葱花，吹口气，美滋滋地啜了一口牛肉兜汤。

"味道正好，葱花却嫩了些。"

他一边喝，一边抬眼看看对山。

汀江东侧，是连绵起伏的群山。此时的山巅，浮动积雪。

汀州冬日，难得一见如许大雪，这是好兆头。有道是瑞雪兆丰年。何故？地里的虫子，被积雪冻杀。是为瑞雪。

邱锡龙喝完一碗，咂咂嘴，意犹未尽，端起碗，平伸出去。满堂赶紧跑上前来。就在满堂的双手触及碗沿的一瞬间，邱锡龙将碗压在桌面上，笑着向满堂摇了摇头。

"龙叔，自家店里，食加一碗添（多吃一碗）？"

"吅，坐吃山空。信了肚，卖了屋。滋味浓时，让三分与人尝。后生仔，俺客家老古句，你可不要忘喽。"

"记住了。"

雨雪，天冷，路滑，偌大的邱记鱼粄店内，只有三五个老熟客。满堂招呼他们去了。

月白色香云纱马褂上，有一只火红蚂蚁爬行，上下左右。邱锡龙饶有兴致地看着它，若有所思。

伸出食指，火红蚂蚁爬上指尖。

暗自运气，指尖发白。火红蚂蚁徒劳挣扎，却不能移动丝毫。

邱锡龙将手指转向窗台，火红蚂蚁掉落，迅速逃窜。

嘴角搐动，邱锡龙没有说话。

"咣当！"

虚掩的木板店门被撞开了，一阵冷风灌入。

并排闯入两个粗黑大汉，一个光头赤膊，一个胡子拉杂。

邱锡龙皱了皱眉头。他认得他们，光头赤膊的，是南门屠户麦七；胡子拉杂的，是北门屠户板墩。这两个活宝，平素井水不犯河水，咋搞到一块去啦？

麦七吼叫："你们怕冷，俺就是不怕。一人九碗牛肉兜汤，吃饱了干活。"

板墩吼叫："九碗就九碗，怕你？！"

满堂咋舌，结结巴巴说："九，九碗，肚皮，肚皮会涨破的，没人，没人喝得了。"

麦七拍出一把铜钱："去，少啰唆！"

板墩掏出一块银圆，吹口气，夹在耳边听响，扔在八仙桌上："去，喝完结账。"

一会儿，满堂两手托木盘，各九碗。他步子轻捷，兜汤点滴不洒。

麦七说："咦，小家伙，有点功夫嘛。"

满堂傻笑："俺哪，就是个端盘子的。"

"哼。"板墩说，"谁都是个熟能生巧。莫不是猪脑子吃多喽。"

麦七盯了板墩一眼，拉起架子开吃，九海碗牛肉兜汤，一碗接一碗往喉咙里灌。当他伸长脖子突出眼珠喝下第九碗时，板墩也歪歪扭扭地喝光了全部。两边，都摞起了九个空海碗。

"咦，平手？"

"哼，平手！"

麦七摸摸光头，想了想，就从腰间摸出一把尖刀，晃动着说："牛肉兜汤好喝是好喝，不过瘾。俺要吃自家的大腿肉，现割现做。"

"好主意！"板墩也从腰间掏出一把尖刀，大叫："吃个新鲜，自家有，干吗吃老牛肉？喂，小伙计，会不会做啊？"

满堂双手乱摆："不，不会做，不会做，俺店里从来不做。"

几个胆小的食客吓得浑身发抖。

麦七和板墩拿尖刀往自家大腿上比画，似乎在研究下刀的部位。

"且慢！"邱锡龙缓缓走来，"俺有话要说。"

"噢，是邱先生啊。"

"邱先生，您老也在啊。"

邱锡龙拉麦七到一边，说了几句。

麦七笑得合不拢嘴，摇摇晃晃，走出了店门。

接着，邱锡龙来到板墩面前，递出一张银票，说："预付明年定金。"

板墩双眼放光，双手接过，也摇摇晃晃走了。

邱锡龙叹了一口气。

满堂问："龙叔，您几句话，麦七、板墩就笑着走了。比啥武功都高强哪，绝招！"

邱锡龙说："嗬嗬，老叔没啥绝招，孔方兄帮了大忙。"

满堂不解道："孔方兄？俺不懂。"

邱锡龙说："真笨哪，小老弟，孔方兄，就是钱嘛。"

尾　声

腊月二十三，入年界（年关）了，邱记鱼粄店也该歇业一段时间，正月十五元宵之后开业。

黎明即起，洒扫庭除。满堂干完这些活，一声不响地从柜台顶上拿来一只竹制米升筒，倒出一把鲜红的枫叶，又一片一片装入，数一数，共7片。

满堂有些伤感。这是他心中的秘密，这些枫叶，是他的"结绳记事"，代表着曾经鲜活的生命。

"咝！"

"咝！"

"咝……"

数声轻响。

满堂挥动衣袖，五颗铁钉陷在木柱上，成梅花状，颤动不止。

2019 年 7 月 3 日于福州

练建安，1965年生，福建武平人。曾任福建省龙岩市武平县教师进修学校教师，武平县文联副主席，《福建文学》编辑部第一编辑室主任。中国作家协会会员。著有电视剧剧本《刘亚楼将军》《土楼童话》，散文《说刀》《见山还是山》《读易轩》《青山叠叠路迢迢》《柳斋》，小说《竹笛》《鸿雁客栈》，纪实文学《八闽开国将军》，报告文学《抗日将领练惕生》《八闽雄风》，散文集《回望梁山》。曾获2000年第十届中国新闻奖报刊副刊作品铜奖，2000年福建新闻奖报纸副刊作品一、二、三等奖，2001年福建新闻奖报纸副刊作品三等奖；散文《见山还是山》获首届闽西文化奖。2005年被评为龙岩市拔尖人才。

薄暮惊鸿

人生盛典

◎ 陈家恬

不论男女，不论多么伟大或多么渺小，也不论多么富贵或多么贫贱，人的一生，或者说圆满的一生，无一不历经出生、成年、婚嫁、祝寿和辞世。这如同一部戏的五幕，或跌宕起伏，或平淡无奇，皆有可观之处（本文仅以福建省福州市永泰县的为例）……

出 生

诚如《诗经》所云："哀哀父母，生我劳瘁。"对于一个母亲，一个父亲，一个家庭，乃至一个家族来说，一个婴儿的出生，无疑是莫大的事件。从婴儿呱呱坠地那一刻起，单是家务，它的重点旋即转向婴儿；当然，除了忙碌，还有盈怀的期盼、无边的祈求——归根到底，忙碌多半缘于祈求的各种仪式。倘若忽略怀孕期间的一些保胎仪式，出生的仪式便是人生盛典的序曲。

婴儿落地之后，谨慎的家长便拿着产妇的生辰八字，去请教算命先生。若她命中带"埋儿"或"流孩",必须蒙住双眼,规避婴儿——在艾条象征性地点过婴儿的发旋后,将其置于筥或箩之中,悄悄转移到接生婆家里,到了"三旦"那天,产妇不再蒙眼了,婴儿方可回归。也请乡绅起名,有的就起个正名,有的还起个小名,或曰贱名,即所谓"名贱人贵"。

产房是密闭的,庶几成为一处神秘之所在。门口氤氲的香樟烟,便是无声的诠释。外人,还有从野外归来的家人,一概不得径直入内,若想进去,就要熏熏门口的烟火。划着的火柴或其他火星也不得落于沾过羊水的地面,否则婴儿身上会冒起仿佛烧灼般的水疱;万一如此,有经验的产妇就往那地面啐涎,经手指研磨后,涂抹于患处,不日即愈。

婴儿出生的第二天,须请"落地婆",即在公嬷龛前供上:线面 1 碗,鸡汤 1 份(全鸡剁肉煮成),箸 1 双,红酒 3 盏,香 3 条,纸钱 3000,祈求佑安。

第三天,须做四件事。第一件事是"喊酒":为父的前往娘家(娘家)报喜,随带红酒、全鸡煮成的汤汁、线面。娘家只收鸡身,保留鸡头、鸡尾、鸡翅、鸡脚,以衣裤、鞋袜、帽子、石子(置于酒壶内)2 粒、苎丝 1 束(红线捆扎)作为回礼。第二件是"洗三旦"。俗话说:"生人'洗三',死人'做七'。"洗三旦是婴儿降生尘世的首浴,意谓洗去前世的污秽,祈求今生的洁净。浴液是一种俗称"三旦草",学名叫"白簕"的刺蔓煎煮的。清洗之前,先拿一个红蛋,在婴儿头顶从左至右轻轻旋转;同时默念祝福的话语。第三件是"缚手关",即用红绳或红线系着铜钱扎于婴儿袖口，连过双手。铜钱多用有过通行的，如开元通宝、康熙通宝。中医切脉有寸、关、尺三点之说。关是手的重要部位。乡民相信，缚了关的手，将来会尊贵、安分，不会卑贱、妄动。初生的婴儿过了本日、次日，到了第三日，即为"三旦"，也就过了危险期。在乡民看来，这要感谢"三旦婆"的保佑，所以第四件事是：请三旦婆。这是一种复合仪式。首先在产房门口供出：白米饭 12 碗，鸡肉 12 块（整鸡剁成），箸 12 双，红酒 12 盏，纸钱 12000；其次在产房内摆放：鸡肉 1 盘，白米饭 1 碗，纸钱 3000，香 3 条；第三在公嫲龛上摆放：鸡 1 只，线面 1 盘，纸钱 3000，香 3 条。亲朋与平时有人情往来的邻里也来庆贺。这就要办酒酬谢，俗称"三旦酒"。亲朋一般送来鸡蛋或鸭蛋 10 个，线面几斤。而娘家则丰盛多了，通常鸡 1 笼（约 10 只），线面两三捆（每捆约 10 斤），墨鱼、蛋若干，衣服几件。有些客人会入房探望婴儿，但生肖相冲者忌。生男的，当天还要分面，即给邻里每户捧去一海碗鸡汤线面；他们则回赠鸡蛋若干。顺便说一句，在风俗礼仪中，蛋扮演着十分重要的角色，作为信物，可传情；作为礼物，可应酬；作为吉物，可祝福，且因地而异，合事而变，意蕴十分丰富。

三旦过后，亲戚朋友陆续前来送安，随带营养品，比如鸡或蛋或墨鱼和线面若干，娘家送的食物很多，几乎可做半个月子。

在物质贫困的年代，女人坐月子享有极高的优待，不必做任何家务，一日三餐两点心甚至三点心，那些香飘四邻足以引佛翻墙的鸡汤，令人在咽涎垂涎中萌发来世欲当女人的幻想。

满月前一两天，须请"厝前厝后"，即在房前或屋后，摆出鸡面请神灵，这里烧些纸钱，那里烧些纸钱，以求婴儿满月后出屋平安。

满月那天，家长出帖，以"汤饼之喜"或"弥月之庆"名义，办酒酬谢亲朋。生男则称"弄璋"，生女则称"弄瓦"。应邀的客人，大多送鸡、线面、蛋，少数亦送红包。而娘家则例外，除了食品，还送婴儿用品，诸如衣裤、被围、兜衣、鞋袜、裙子、掩肚、背带、帽子、摇篮、椅轿等。剪断连着双手的红绳。"出月头"也该剃了。通常请来剃头匠，在产房内进行。捧来米筛，内放：芋艿2个，石子2粒，苎丝2条，红蛋2个。剃头匠一手握着两个红蛋，在婴儿头顶轻旋三圈后，开始剃头。囟门的胎发务必保留，尽管粘附又黑又厚的胎脂。先剃囟门外的正中间，接着左边剃一下，右边剃一下，且自下而上，把这三剃刀的胎发收起，夹入书中，寄寓"读书出仕"。也有留下刘海，称为"聪明发"。也有留下后脑勺那一绺胎发，有的叫"百岁发"，有的叫"犬尾巴"。婴儿沐浴后，换上新衣，戴帽，穿袜，佩"长命百岁"或"金玉满堂"首饰，由母亲或祖母背着，一边"冽冽冽"唤鸡，一边"嚓啦嚓啦"打着鸡笼，行走于房前屋后。或有亲朋赠送贺礼，多为白糕，意谓："白糖糕，剃头糕，吃了孩儿快长高。"

满月当晚，须请"床奶"。乡民以为，婴儿一出生就受惠于床奶。她不仅平时照顾、保护婴儿不受意外伤害，而且负有教导责任。婴儿睡觉时的微笑、皱眉、嘟嘴那些可爱的动作，无一不是床奶悉心教导的结果。婴儿若有小恙，或夜间啼哭不眠，可能缘于她的懈怠，又得供奉。好在这位"老奶奶"易于满足，只需供出：白米饭3碗，煎蛋1个或猪肉1块，箸1双，置于捧栳，摆于床铺，香3条，纸钱3000。尽管她嗜酒，但不得供，若是醉了，势必忘乎所以。主事者请求道："床奶保佑孩儿：乖乖命，平平安；日好嬉玩，夜好困眠；日一泡屎，夜一泡尿；娘奶吃什么，孩儿也吃什么。"

初来乍到的婴儿，难免担惊受怕。满月之后，婴儿首次受惊，母亲可抱其坐于灶膛前，点香3条，在其头顶盘旋三圈后，面对灶嫲，说："团囝受惊，请给收惊。"随即把香插于灶嫲炉，而后在灶眉刮些烟炱，抹于额头。以后受惊，照此行事，即可见效。

到4个月时，扎于婴儿袖口的红线剪掉之后，即行"开荤"：先用开水浸泡过的香菇伞擦拭其嘴唇三下，再象征性地吃：鸡下颏（以期早说话），鸡心（以期长记性），鸡翅（以期大展宏图），鸡尾（以期善做家事）；且面对灶膛喂吃，意谓其嘴巴日后可像灶膛一样不挑食。

婴儿周岁，即"做晬"那天，须吃"太平面"（鸡蛋加线面，此后生日依此而食）。亲朋也送来鞋袜、衣裤、鸡蛋、线面等贺礼。外公、外婆或许会给红包。家长设宴酬酢。更为重要的是"抓周"，即在婴儿面前陈列琴棋书画、笔墨纸砚，以及象征工农商学兵的锤钻、锄铲、算盘、枪械等物，让其任意抓取，以揣测其志向、职业与前程。民谚道："小穿旧，大穿新，合家齐欢心。"讲究的家长，还会让婴儿穿百衲衣或旧衣，一来希望避邪，二来希望先苦后甜，三来希望艰苦创业，四来希望长命百岁。选择旧衣和做百衲衣的布料颇讲究，由祖母准备的，要用父辈的童衣或祖母的棉袄、旧衫；由外祖母准备的，要找舅辈的旧衣；这些亲人务必健在。有的还穿虎头鞋，戴虎头帽，缚虎头掩肚，披虎头兜衣，睡虎头枕头，额头贴着八卦图……

婴儿若体弱多病，则要入契，即认契奶、契爸。乡民认为，独子或运气欠佳的小孩须认家庭兴旺的家长为契奶（谊母、义母、干妈）或契爸（谊父、义父、干爸），吃其提来的饭与配（大多春夏秋冬各一次，直至"上丁"，即16虚岁），才会安康如意。契奶第一回提饭来，务必回赠：盐巴1碗，红糟1碗，带回倒于附近的古树头。有的为省事起见，则认古树、巨石或神明为契奶或契爸。据老人说，有的古树居然不惜自己的生命，以自身的渐渐枯萎，为"命硬"的契子渡劫。或请来道士进行"过关"，因仪式烦琐，须专文记述，按下不表。

事实上，除了上述仪式，许多禁忌，在得知怀孕那天开始就恪守不渝了：家人不能重手重脚，不能喧哗，不能钉钉，不能打凿，不能搬动家具，不能卷草席……孕妇不能做针线活，不能用刀具，不能看丑陋或不祥的东西，不能吃以为秽的食物……

对于生命，便是如此敬畏；对于传衍，便是如此郑重。

薄暮惊鸿

成　年

一个人的成长是多么的艰难，倾注了父母多少的心血和自身多大的努力！到了成年，这个承先启后的关头，自然拥有非同寻常的意义。于是，有了成年礼，即年满 16 虚岁的男人到本氏祠堂"上丁"，也就是登入族谱，女子只需把头发绾起，便可确认成年——从今尔后，就要遵照族规，承担相应的义务。不过，由于上丁不尽方便，几乎省略，有的只是在即将变声的时候，用田七炖小鸡角滋补身体，促进发育，再也没有精神层面的旨意，以及传统仪式的神圣感了。

婚　嫁

长辈常念叨，人生三件事：结婚、起厝、生子。长辈之意显而易见，就是要活出人样来，就是要办好这三件事。而结婚作为头等大事，对待它，自然是最审慎、最认真、最隆重的了。

对于女人，若说出生是第一次投胎，那么出嫁，俗称做媳妇，则是关乎一生命运的又一次投胎。"男人最怕入错行，女人最怕嫁错郎。"这句广泛流传的俗语便是一个注脚。所以，姑娘们在相许终身的关头，总是那么小心翼翼，那么瞻前顾后，那么充满期待。这可以从姑娘出嫁的仪式当中感悟些许。

农村姑娘出嫁的仪式复杂而讲究。我曾跟随大人去看过几次闹热，但一直说不出所以然。直到最近，我采访了一位老司仪，才摸到一些门道。这也只是我老家盘洋姑娘出嫁的传统仪式。

那些仪式前后历时一个月；不过，堪称闹热的只是头三天。

第一天的仪式："担蹄面"。这是整个出嫁仪式的序幕。顾名思义，就是男方给女方挑去猪蹄连着胴体的大肉（蹄肉）、线面等礼物。通常是：糖果5包，香烟5条，瓜子、花生、桂圆、红枣、黄豆各少许，红带3丈，红线2丈；线面，一般是父母各20斤，祖父祖母或曾祖父曾祖母各10斤；蹄肉，一般100斤；左脚系红线的大鸡角10只，白米100斤，红烛2合，百子炮2包。为答谢父母推干就湿的养育之恩，床头面再30斤。礼物可谓丰盛。而女方收多少，留多少，也是有规矩的，通常是：糖果收3包，香烟收3条，红带、红线、瓜子、花生、桂圆、红枣、黄豆、鸡全收；线面随意收一些，白米归还5斤，百子炮、红烛、蹄肉各收一半。女方回送的东西通常是：芋艿2只，长春花2枝，苎根2束，灯笼1合，红色的尿桶、痰盂、洗脚盆各一个；五谷种子少许，半大不小的鸡角、鸡僆各一只，并用红线将鸡串联在一起，鸡角系左脚，鸡僆系右脚。

担蹄面的人数也是有讲究的，要么3人，要么5人，且为青壮年。

翌日，是女方办酒席的日子。酒席与其他酒席大同小异，也安排中午，只是筵席将散时，有一个插曲，由准新娘向没有留下过夜的亲戚致谢。她由司仪领着，一方手帕半遮面，嘤嘤泣泣，踱到席间，给将要离席的亲戚逐一下跪，把你送来的礼物或曾经给予的关爱，编成山歌一样，哭着唱出来，有声有韵，有情有调。她跪在你的膝下，扯住你的衣服，哭成了泪人。

有人说："秀才落第笑是哭，姑娘出嫁哭是笑。"出嫁姑娘的哭，谁能解读？善哭的姑娘，声声句句动人心，哭得你心潮澎湃，鼻尖发酸，咽喉哽噎，两眼朦胧，神情恍惚。你若也哭，一唱一和，简直就是一场山歌比赛了，感人，有趣，闹热——绝无娱乐之味。对着哭的多为"临别赠言"。比如：

　　妹啊——妹！
　　做人媳妇要凭娘家样，
　　不要一出大门就变样。

　　妹啊——妹！
　　做人媳妇要会做家贿，
　　一头虾米配饭咬两嘴。

　　妹啊——妹！
　　做人媳妇要听代家官郎嘴，
　　莫要难为郎爸娘奶多听话。
　　……

这哭是一种尊贵的礼仪，只有长辈才有资格享受；不过，享受了的，是要给花彩的。多少倒是没有约定，反正不能让她的泪水白流。泪水是富有感染力的，不论你的心肠多硬，只要在场，泪水就由不得你了。

哭过之后，远路的亲戚陆续返回。这时，父母或嫂嫂正忙于发"礼饼"。所谓礼饼，就是女方特别定做的大饼。它的主要成分是面粉、白砂糖、油麻和肥肉。按重量，分大、中、小三种，故名"三号饼"。大号1斤，中号半斤，小号4两。你若送来红花1合或袜子1双，则回赠小号礼饼一块；鞋、袜子各1双，红花1合，则回赠中号、小号礼饼各一块；布料一块、袜子1双、红花1合，则回赠大号、中号、小号礼饼各一块。凡送上述礼物的，吃酒可免人情，即使客气，也会被婉言辞谢。

留下过夜的客人享受同样的礼遇，只是要等到回去时才发给。

当晚，将举行一个重要的仪式："嫁跪"。就是由准新娘向长辈感谢养育之恩。依次给曾祖父曾祖母、祖父祖母、外公外婆、父母、哥哥嫂嫂以及其他至亲下跪，并且一个一个地哭过去。如果称心如意，她的哭泣也许便是高兴的抒发了。比如：

娘奶啊——娘奶！
您莫哭，
我去许边是享福，
山上树成林，
田里稻飘香；
大大厝，
花花床，

金银铺楼坪，

绸缎做被帐。

……

她若心中有什么芥蒂，这时就会一一二二地哭诉出来。她若对夫君、夫家不满意，这时也会一句一句地哭诉出来，甚至边哭边骂。而此时，谁能生她的气？你除了摇头叹息之外，恐怕只有恻隐了。其实，她也只是表达一种无奈，千怨万怨，不怨父不怨母，不怨兄不怨嫂，不怨亲不怨友，只怨自己的命。这般宽宥，真叫人怜爱，喟叹不已。

但无论场面怎样，身为父母的，还是乘机教诲：

妹啊——妹！

我妹嫁人要乖乖啊，妹！

夫家不比是娘家，

诸事应该学当家，

拿得起、放得落，

莫让别人发牢骚。

……

前来观摩的人也多，方圆几里的姑娘都涌来，围得整个厅堂水泄不通，只为了见识这热闹的场面，只为了学习这哭嫁的功夫，留待日后运用。

第三天，才是正式出嫁的日子。上午早早的，接亲的人就来了。人数也是有讲究的，只能是奇数，而且必须男女搭配，一般3、5、7人。先煮太平面招待。这也是一个不可或缺的礼节。

趁他们吃点心的时候，闺房里正悄然举行一个仪式："拾掩肚"。就是由司仪把担蹄面时收下的红带、红线、瓜子、花生、桂圆、红枣、黄豆，另加红蛋2个，带肉的猪骨头2块，鸡内金2只，装入掩肚，让她带到夫家去，祝愿她过上幸福美满的生活。这时，长辈要给花彩，那叫"压掩肚"。

装完掩肚，就把陪嫁的物品搬到大厅，一是显摆，让人观赏，二是为了举行"拾箱""剃脸"这两个仪式。

所谓拾箱，就是由司仪或裁缝师傅把父母兄弟和亲戚朋友赠送的布料、鞋袜等陪嫁物品装入皮箱。那些物品先装入箩中，时辰将临，由男性至亲用官秤挑往大厅。挑出时，秤尾朝前，与乔迁一致，挑回空箩时，则相反，即秤头朝前。那皮箱，名曰皮箱，并非皮制；不过，选材和工艺是考究的，20世纪80年代以前，一般为樟木或葵藤。之后就不讲究了，多为杉木，现在的多为人造皮革，看起来很刺眼。父母和兄弟所给的花彩，也装入皮箱。这花彩叫"压皮箱"。拾箱时，要拿出一块布料，与陪嫁的日常生活用品，比如牙杯、牙刷、牙膏、毛巾、脸盆（放有一包灶心土，到夫家后炖红糖与豆腐吃，以防水土不服；两块大糍粑，则给代家官郎吃，暗喻他们日后莫多话）、梳妆台，一起放在皮箱上，用背带扎好皮箱。这时，男方要给拾箱者一包花彩。等候接亲人来挑。谁挑，谁就要给拾箱者一个花彩，那叫"拾箱钱"。拾箱者可叫"添"。那就要再给一个红包。"添"字是个好彩头，在喜庆场合，通常借它来讨红包。

拾完箱，新娘由司仪从闺房引到大厅正中间，坐上文椅，脸朝正门，两脚踏在米筛边缘，米筛中间摆一块新瓦片，瓦片上放少许带有火星的灰烬，灰烬上放两片鸡蛋壳，意谓筛去凶相，点燃吉祥。她背后放一张八仙桌，摆放三五种果子，三五个斟满红酒的酒盏，点起两根红烛，接着"剃脸"。其实是象征性的刮脸。剃刀柄包上红纸后，由弟弟或侄儿右手拿着剃刀，让司仪一边哭一边把着他的右手，在新娘的额头，从上自下，轻轻地，中间刮一下，左边刮两下，右边刮三下。司仪哭的大意是："妹妹扮头是大人，小弟给姐剃眉毛，好像天上月里玉嫦娥；小弟给姐剪刘海，好像天上仙女下凡来……"有的也叫"开脸"。请来一位娴熟的妇女，拿两条细线，紧贴在新人脸上，慢慢拧动，将汗毛和额头、鬓角的短发绞净。古人把开过的脸雅称为"蝉鬓"——大抵是《诗经·国风·硕人》里的"螓首蛾眉，巧笑倩兮，美目盼兮"的模样。

媵从（送亲的女人，通常为中青年，5、7、9人不等）已在等待新娘启程。好事也会扎堆的。同厝若有人迎娶，则要赶在人家进门之前动身。起头的是搬运嫁妆的人马；其次是挑皮箱的人；再下来是媒人；接着是新娘和男方接亲的人；最后是女方送亲的人。

临行时分，新娘回到闺房先双手合十阿三下尿盆，又踢三下尿盆，传说这样做了，走到半路屎尿才不会跟人急。之后，再给父母下跪道谢。直到接亲人三催五促，又拖又拉了，才轻移莲步……

即使晴天丽日，送亲和接亲的，一律撑红雨伞或花雨伞，而新娘一定是左手撑红雨伞，右手攥花折扇，矜持，低眉，三步两回头。

媒人因为撮合了一对姻缘，而春风满面，神气十足地提着火笼，巴不得跨三步就到目的地。火笼是娘家准备的，崭新的，火笼耳贴了红，内里放有用红纸缠绕的一合红花、两合木炭。送亲队伍走一小段路程之后，新娘的弟弟或侄儿紧跟出去，从火笼里中取出一合木炭，又去挑皮箱的那里拿回放在皮箱外的那块布料和那双袜子。新娘则将下一枚戒指赠予。这个仪式叫作"倒火笼灰"。之后，新娘一般会加快步伐，或继续步行，或坐笕，或上轿。半路若遇上别的新娘，则要停下，媒人从火笼里取出红花，与对方交换，并口占几句好诗，比如："换花换花脚，两边齐发家；换花换花母，两边齐齐好；换花换花心，两边齐添丁；换花换花蒂，两边齐欢喜；换花换花王，生团中状元。"

"三天吃一昼（吃一顿午饭），五天隔一暝（过一个夜晚）。"第二天下午，由新娘的哥哥带着弟弟或侄儿，怀揣红帖，去她的夫家过上一宿。翌日上午，带着她与新郎一起返回。吃过午饭，新郎新娘便返回。这是老规矩。这一去一来，不是通常意义上的走亲戚，而是一个仪式，叫"请回门"。第五天下午，新娘又得带着新郎回娘家过一宿。

之后的第三十天,新娘的父亲带着弟弟或侄儿,随带缝衣针、裁缝尺、线团、剪刀、绩箸、线面和红蛋,还有"倒火笼灰"时拿回的布料和袜子,到她的夫家去。这也不是一般的走亲戚,而是姑娘出嫁的最后一个仪式:"换花。"

至此,姑娘出嫁的整个仪式已经圆满。也许,这仪式的每一个细节每一件物品每一句哭唱都留在你的记忆里,让你不时回味其中朴实而深刻的寄寓,默念一个美好的祝愿给天下享受过或没有享受过类似仪式的已婚女人。

姑娘,开怀笑吧,别哭了!毕竟,明天是崭新的一天,那边的生活是崭新的生活!

以上是女方出嫁仪式。下面是男方迎娶仪式。

"男大当婚,女大当嫁。"无论男女,一到谈婚论嫁的年龄,门庭便闹热起来。若是优秀的子弟,出众的闺女,他们家的门槛几乎被穿梭的媒人踏破了。"当面牵牛不过溪。"尽管个别媒人有着"三人五眼看清楚了,免得今后再说长脚短手闲话"的狡黠,毕竟有媒人成全的功劳。"天上无云不下雨,地上无媒不成亲",便是人们对媒人的盛赞。

男女双方和他们的父母若认为,这门婚事可深谈,那就进入相亲这个环节。首先是男方择日到女方家去,看一看闺女,了解闺女及其家人的情况。男方若满意,女方也将择日到男方家去,去的人多为女方父母和亲人,主要是看房子,是新还是旧,是宽敞还是拥挤;其次是看家道,是否殷实,是否和睦,家人为人处事如何,等等。细心的人,还会到左邻右舍去探询。谁若有结怨，往往会趁机破坏，说些有鼻子有眼睛的坏话。这种行为被人称之为"捅"。这是不怀好意的讦人之短。相亲最怕捅。本来是三指捏田螺——十拿九稳的婚事，因为被人一捅而告吹。这是时有发生的事。因此，邻里关系不好的人的子女相亲，都尽量保密，悄然进行。

相亲之后，若顺当，随即进入谈婚论嫁的第二环节——订婚。这就是把媒妁之言、父母之命，以及男女双方的意愿，上升为民间契约。

订婚的日子，有的由双方诹吉，绝大多数则是男方谨择。订婚仪式一般在女方家举行。男方去的人数应是奇数，只有这样，回来时增加了准新娘，才会是偶数，才能符合"奇去双回"的潜规则。一般5、7、9人不等，但11人不行，因为"11"隐喻单身；13人也不行，因为回来时变成14人，"14"是忌讳的数字。去的人多为自己的亲人，其中要有一人会写婚约。到了女方家，先吃点心，再说事。其实，男女双方早已心知肚明，这么多人去，也只是将几经媒人游说，基本达成一致的意见，和盘托出，变成红纸黑字，让在座的双方代表作个见证而已。传统婚约的书写是比较讲究的，连纸张都要别成12折帖状。以女方为例，封面一般写：约之以礼。这相当于题目。随录一份我曾见过的婚约（1997年3月3日）：

　　兹有×××闺女××与×××令郎经媒人介绍，情投意合，愿为终身伴侣。经双方父母商洽，同意缔结秦晋之好。约定：

聘　金：15300 元　　黄　金：2 两

喜　糖：5 大包　　喜　烟：5 条

礼　肉：100 斤　　礼　饼：100 斤

白　米：100 斤

私房钱（含衣裳费）：15300 元

诚信为本，一诺千金。

为了省事，有的也把实物折合为现金。

婚约起草后，经双方过目，若无异议，则由双方长辈代表、男女双方和媒人签字生效。随即男女双方当场交换定情物。定情物因人而异，随时代变迁而演进。20 世纪 80 年代以前，一方手帕、一支钢笔或一块普通手表即可。男的若给自己心爱的女人戴一枚金戒指或挂一条金项链，女方母亲也会当场交给女儿一枚戒指，由女儿给自己心爱的男人戴上。男女双方互换定情物之后，即过聘金。男方若富有，或为摆阔，就会一次性付清。男方家长掏出用红纸包裹或用红线包扎的一叠大钞，由媒人交给女方家长。媒人说，清点一下吧。女方父母说，不用、不用。接下来，是准新郎分香烟，准新娘分喜糖。然后，双方谈些婚约以外的话题。午餐是比较丰盛的，不是"八碗二"（八碗炒盘，二碗点心），而是"九碗三"（九碗炒盘，三碗点心）。

订婚是相许终身的重要仪式。订婚之前，男方要向女方索要生辰八字，这叫作"拿帖头"。然后，把它压在男方祖先的香炉底下 3 天。这 3 天内，男方家的碗碟若无破损，禽畜也没有非正常死亡，则表明双方生辰八字相符，可订婚。否则就要中止。

订婚之后，需要等待的是谈婚论嫁的第三个环节——拜堂。这期间，男女双方沉浸在热恋的甜蜜之中。而家道并不富裕的男方父母则喜忧参半，既要考虑如何凑齐聘金，如何装修洞房，如何打造家具，如何筹办酒席，又要安排养几头猪、几头羊、几只鸭、几只鸡，留多少糯米、多少粳米，酿多少酒……婚礼费用不菲，盘算，反复盘算，平添了许多难眠之夜。

临近结婚一个月左右，媒人向女方开具父母、兄弟姐妹生辰，请择日先生谨订吉日良辰（根据男女双方相关生辰掐算），写于红纸，即成"日子单"，送给女方（随带一包花彩，作为请人复核费用）。"日子单"内容大抵如下：

乾造男庚申鸡相二十七岁不犯命星大吉。
坤造女丁未羊相二十三岁不犯岁星大吉。

裁衣宜择三月廿九巳酉日辰时大吉，卯、戌人避。安床宜择四月十四甲子日子时大吉，坐南北向，午人避。嫁娶宜择四月十四甲子日巳时大吉。

天地氤氲，共襄盛典。
金玉满堂，长命富贵。

女方接单之后，为慎重起见，也要请人复核。如无不妥，双方就按单筹备。

第一件事是发帖，通知亲朋好友届时前来吃喜酒。

婚期一天天逼近，一天比一天忙碌。举行婚礼的前3天最忙。第一天，天还没亮，男方家早已灯光通明，不仅照亮了自家的角角落落，而且照亮了邻里的菜园屋舍。邻里来了好多人，都是帮手。在我的老家，帮手叫"走站"。从中，我们可以感受这些人的辛苦，他们要么奔走，要么站着干活，连坐的时间也没有，匆忙的脚步踏破了黎明的寂静，灶膛里的火熊熊燃烧着。这时，一个肩挎一只油腻腻的包子，手提一串同样油腻腻的棕绳的屠夫，来到厨房门口，探进半个头，问："汤滚了没？"里面应："滚了，滚了。"不一会儿，猪的一声嗥叫，伴随着一串百子炮的声响，让远远近近仍在梦乡之中的人们猜想，又有人做大事了。大厅正中的那张八仙桌已供出"五酒三茶"，即5盏酒，3盏清茶，还有5碟果子，中间摆一个水果，呈众星拱月状。这是婚礼杀猪特有的祭祀仪式。东家备了两包花彩，大的给屠夫，小的给抓猪尾的。这是婚礼杀猪特享的待遇。很快，猪被大解成若干块，变成"蹄肉"或"礼肉"，装入筐，贴上红纸。当然，贴上红纸的还有扁担和所有装东西的器具。其他的诸如猪头和内脏等，可用于酒席。几条狗闻讯而来，暂时吃不到猪骨头，但嗅嗅那里的气味或许也觉得快活。

早饭之后，三五个青壮年除了挑去约定的东西之外，还有香烟5条，瓜子、花生、桂圆、红枣、黄豆各少许，红带3丈，红线 2 丈，线面若干，鸡角 10 只，红烛 2 合，百子炮 2 合；还有 2 只右脚系了红线的大鸡角，送去"以大换小"，即换回两只半大不小的鸡，一只是左脚系了红线的小鸡角，另一只是右脚系了红线的小鸡㜷。这叫"担蹄面"。

蹄面挑去之后，厅堂或大门披了彩。写对联的先生在大厅摆一张八仙桌，开始舞文弄墨。先是写两个大红"囍"，或买两个金色大"囍"，一个贴于大厅屏风中央，一个贴于洞房门上。这两个字一贴，喜庆的气氛便弥漫开来了。房子若不大，大半天工夫，就会把所有的门、所有的窗、所有的柱，都贴上对联。满堂映红。洞房上联：花好月圆昭美景，下联：天长地久祝新人。横批：百年好合。许多人在品评先生的书法和佳句。与此同时，安床，其实结婚的床铺已按既定的时辰摆好，只是请来好命老人做个样式，一位长者唱道："四角眠床四角方，四角眠床坐当中。红床红被红帐帏，红红帐里出孩儿……"

翌日，便餐增加了好几桌。总管一声"吃饭喽"，便呼啦啦地坐满五六桌，像一群麻雀似的。不一会儿，又呼啦啦地下桌。有人正在哗啦啦地收拾碗箸，清理桌面，加些菜和汤，又开桌了，未吃的人陆续上桌，又是满满当当的三四桌。两个大饭甑眼看就要透底了。

他们按分工各忙各的事。有的负责打扫环境卫生，有的负责采购，有的负责向邻居借桌椅餐具，有的负责布置洞房，有的负责碓粿，有的负责杀鸡，有的负责清洗，有的负责联系客人住宿，有的负责做饭菜……谁也不清闲，谁也不偷懒。

采购回来的许多东西，等待厨师来处理。主厨是土厨，前一天就约过了，但他毕竟是村里最有名的土厨，也算是名人了，名人嘛，总是有些名人的架子。快吃午饭了，他才姗姗而来。菜单也是他开的。午饭后，他开始按菜单预备，该焯的焯，该烰的烰，该溇的溇，该剁的剁，一刻不停，一直忙到深夜鸡叫。

最忙的还是婚礼当天。

那天的早饭特别早。最先吃饭的是去迎接新娘的那拨人。去的人数要求与订婚一样，包括新郎在内。新郎就在家里等候。那天，接亲的人穿着格外整洁，即使大晴天，每人也要带一把颜色鲜艳的雨伞。随带的还有：两头弯的扁担一把，七八成新的背带两副（用于挑皮箱）；现金若干，说不定女方有一两个胶壳的人临时又提出什么要求。没钱是不好应付的。讲究的人家，出发时辰也是有选择的，还要放一串百子炮。

到新娘家不远处，女方家人连忙出来迎候。分烟，请坐，递茶。稍事休息，女方请他们吃点心，即使不饿，也要动动箸。这是礼节，不可省略。

吃了点心，有人就到闺房去催促新娘启程。女方家人若爽快，新娘就会很快地出来，由一个被邻里公认为好命的老妪引着，款款走向大厅，举行拾掩肚、拾箱、剃脸等仪式。

这时男方这边，客人也来了。负责收人情的提着一只年代久远的小木箱，管它叫"箧团"，坐于大厅正中的八仙桌上头。在我的老家，负责收人情的叫"坐数簿桌"。八仙桌上摆了茶水、香烟和糖果。"坐数簿桌"的通常要两三个人协助。接近开宴时分，交人情达到高潮，人头攒动。人数多少事先已有预计，门庭若兴旺，人缘好，临时也会冒出不少，那就要加桌。

收人情时，另有一帮人便开始安排酒桌，摆好桌椅、酒盏、碗筷、瓢羹，佐料小碟，每桌两包不同品牌的香烟。通常每桌安排12人。

摆好酒桌之后，备好锣、鼓、铙钹和唢呐，还有百子炮，准备迎接新娘。

这时，最忙的是厨师，剁啊炒啊煮啊尝啊分啊，手口并用，甚至在主厨房和临时搭盖的厨房之间来回穿梭，连抽烟的时间也没有。

而对其他人来说，这时却是一个空档。不妨讲讲奇，吃吃茶，嗑嗑瓜子。几个年轻人聚集在老柿树下打扑克，旁边围着一大堆人看闹热，嘈嘈杂杂，如同一窝躁动的马蜂。

不知不觉间，太阳挪过柿树的另一侧。男方父亲举手抵眉远望，嘀咕："怎么还没回来？是不是双方在拉锯？"煞是焦急。不一会儿，锣鼓喧天，铙钹齐鸣，唢呐劲吹。许多人齐呼"新娘来了，新娘来了"，涌向路边。一路过来，很多人驻足观看。古老的诗经《桃夭》里所描写的美景如花绽放："桃之夭夭，灼灼其华。之子于归，宜其室家。"

新郎家的鞭炮响了，锣鼓、铙钹、唢呐戛然而止。一批男人出来搬嫁妆。大件嫁妆必须两个抬，即使一个人能搬的动也不行，而且每个人只能搬一次，不能回头再搬。这也是规矩。几位妇女出来，有的接伞，其中一人接过火笼，放于洞房床下。

最先接的是新娘的伞，接伞的人是精心选择的，她应是邻里公认的好命人，她也充当伴娘。新娘美了容，又美了发，一袭玫瑰色套装，真是楚楚动人。花伞低低遮着，举步轻盈而又矜持。一群小孩像蜜蜂似的围在新娘身边，探头探脑的，有的竟钻进新娘的花伞底下，瞧新娘一眼，拔腿就跑，笑嘻嘻的，也引发好多大人跟着他们欢笑。伴娘一边引着新娘和新郎左右并行，一边唱："亲戚朋友欢喜看，新郎新娘拜祖堂。一拜皇天二拜地，三拜列祖与列宗……"伴娘是活化分子，她（他）每唱一句，总有许多人山呼"好啊"。新郎新娘跟在两个捧着红烛的童子后面，先伫立于厅堂墀，拜天地，再转身走向厅堂神龛前，拜祖宗，接着夫妻对拜，最后到厨房拜灶公灶嫲。这个过程叫作"拜堂"。它是民俗层面结婚的代名词，也是结婚最神圣的礼仪。以上三拜，是禀告，是致敬，更是祈求庇佑。拜堂之后，新郎新娘步入洞房。这时，男方父母正躲在某个房间里，他们相视而笑，那笑，只是微笑，仅够掩饰显著的倦容。他们之所以要回避，是因为担心所谓"冲轿头"。传说男方父母若冲了轿头，今后将与新娘发生冲突。

新娘一入洞房，就有许多人跟进去参观洞房。送亲来的人看得最仔细。新娘忙着泡冰糖茶，递给每人一盏。新郎则忙着分香烟，每人两支，客气的也只接一支。妯娌则忙着分糖果，逢人即塞过一大把。小孩最爱往这里挤，就为了分喜糖。有一次，我跟二哥去分糖，途经一垮很大的田垄，因是田塍，我跑得慢，在后面喊叫二哥。他不得不放慢步伐，当我上气不接下气地追上时，他虎着脸训道："我叫你不要跟来，就在家里等着，你偏要跑来，害得我也分不到了。"话音刚落，他就从田里一丘丘跳下，飞奔而去。当我赶到时，分糖已结束。二哥咬下半粒给我，另一粒带回，用菜刀切成四份，分给弟妹。

总管喊送亲的吃点心。当然只吃个意思，因为酒席即将开始。

总管扯开嗓门喊："上桌喽！上桌喽！"绕过房前屋后，喊了一圈。座位是很讲究的，宴席的桌次，以大厅为例，厅左上角为首桌，右上角为次，依此类推。入席依次是曾祖母、祖母、母亲和新娘那边的客人。这些客人必须优先安排好。否则他们就会提意见，甚至愤然离席。有时也为请一个亲戚入座，拉拉扯扯，费尽九牛二虎之力。入座差不多了，每桌分发一张红纸，各自写上名字，算是点名。那一个邻居若交了人情而未上桌的，就要派人去催促，因故没上桌的，到"请回门"那顿，必须邀请他们参加，当作补请。若不满席，东家也会招呼除了捧盘、洗碗之外的帮手一起上桌。

入座就绪了，就上菜。这时，每桌都指定两人负责斟酒。东家都要出来敬酒。所以，东家几乎都要醉。听说，曾经有一东家连敬两出之后，醉了，第三次出来敬酒时，竟破口大骂，他妈的，怎么搞的，我都醉了，你们还不醉？这当然是笑话。我重提这个笑话，无非想说，办婚宴，东家是很累的。

不论酒菜丰盛与否，有两道是必上的，一道是大肉炒芹菜或炒花菜。所谓大肉，就是每块约有半斤重，有的更大。另一道是清蒸白粿，一块白粿切成两爿，每桌上一大海碗白粿，堆得锥锥的，酷似小山。有的人吃了一块大肉，还会再啃几爿白粿。有的大快朵颐了，也不忘家人，偷偷地塞一两块大肉回去，让家人一起分享，或抹锅底炒菜。这已成为许多人回想起来都感到好笑的记忆。

婚宴也有许多插曲，当酒菜上到糍粑的时候，要放百子炮。这叫"喊谢"。伴娘唱道："亲戚朋友一厝当，新郎新娘捧茶又分烟……" 当菜上到太平面时，新郎要出来分烟、敬酒，新娘由一个人陪伴着捧冰糖茶，也与新郎分烟敬酒一样，按顺序一桌一桌地捧过去。伴娘几乎熟悉所有的客人，向新娘逐一介绍对客人的称呼。那么多人，新娘哪能记得住。有的年轻人故意刁难新娘，问："你该叫我什么？"这是一个难题，有时会僵持好久。新娘为了应付过关，要么叫他"阿伯"，要么叫他"阿叔"，只要说出一个带有敬意的称呼，他们也就满心欢喜了，就会让红着脸的新娘收回茶杯，转向下一桌。接着是新郎父亲出来分香烟敬酒。分烟也是每人两支。谁也不客气，成双成对嘛，大大咧咧地接过，男的嘴里叼一支，耳朵再夹一支。妇女和小孩也一样接过香烟，或放在自己面前，或放入口袋，他们要带回去给丈夫抽，给父亲爷爷抽。新郎母亲一般不分香烟，站在丈夫身旁，等丈夫香烟分完了，与丈夫一起敬酒，她抿些就可以了，没有人跟她计较。最后，由新郎兄弟出来分烟敬酒。香烟分过几轮之后，一些滑稽的景象就凸现出来了。有的人耳朵两边夹满了香烟，活像一门高射炮。酒敬过几轮之后，个个脸色绯红，满嘴油光发亮。大厅里充满酒气，充满酒话。有些人醉了。听说，曾经有一个醉汉躺在路上呕吐。一条狗伸出舌头，在他的嘴边舐着，他却嘀咕，去你妈的，我不吃猪肝，你为什么硬要我吃！

远远近近的狗都跑来了，穿梭于酒桌底之下，抢食骨头，吠来吠去，甚至撕咬起来。远远近近的智障者和乞丐也来乞得一顿美餐，他们吃得痛快，摇头晃脑地离开。

到下午两三点，婚宴才会结束。这时，再放一串百子炮，宣布婚宴结束，也是送客礼节。伴娘又出来唱上几句："亲戚朋友多请坐，平安发财做五代……"

接着送客。他们若带小孩，且是初来，就要给小孩花彩，又叫"挂脰"。挂脰也许是从古时候未成年人佩带白剑、黑剑，以求避邪，或佩带"孔方兄"，以祈平安，演变而来的一种习俗。

送走客人之后，新郎新娘回到洞房，举行一个仪式：叫一个童子去洞房翻马桶盖，并把里面的红枣、花生、桂圆、瓜子、糖果等取出，屙下一泡尿。其用意正是上述果子所隐含的：早生贵子。接着新郎新娘吃面，那叫吃"床头面"。蛋从掩肚里取出，面也是岳母送的。代家又加了鸡头、鸡心、鸡胗、鸡翅。这些东西都是有含义的，正如伴娘所唱："箸搛线面长又长，寿比南山福寿长。代家叫郎君吃鸡蛋，大小事情有讨论。代家叫新人吃鸡头，夫唱妇随到白头。代家叫新人吃鸡心，夫妻恩爱心贴心。代家叫新人吃鸡翅，做田经商要诚实。代家叫新人吃鸡胗，一家大小疼（爱）到尽……"吃的时候，门窗关上，有的小孩在外侧耳倾听，通常要遭到大人的呵斥。吃完床头面，新娘要"吃"灶心土，灶心土是岳母捎来的，一半和着豆腐和红糖煮，象征性的吃些，另一半倒入水缸。

婚宴之后，有一部分亲朋留宿，有的是要帮助东家收拾杯盘狼藉的场面，有的是因为路途远，最主要的是想看那天晚上的一个节目——婚礼的最后仪式"闹房"。留宿若超乎估计，从邻居那里借来的那些床铺容纳不下，溢出的就要引导到稍远的乡里那边去寄宿了。那叫"搭帮铺"。这在乡村办喜事中，颇为常见。

当然，并非所有的结婚都闹房。因为许多人拿新郎新娘寻开心，甚至折腾他们，新郎新娘并不愿意。再说，他们已经累了好几天，应该好好休息。所以，想闹房，必须得到新郎新娘的首肯。

若同意，那天晚上，东家的灯火就会早早地亮起。这也算安民告示。厅堂里，摆出两桌果子，还有香烟和茶水。沿着大厅的方向放了几排椅子。天色朦胧之际，同村的年轻人，大多是新郎的一群好友类似做醮，随带些礼品，比如相对高档的脸盆、茶壶等，还有统共一个不肥不瘦的红包，一路燃放鞭炮，敲锣打鼓，鱼贯而来。新郎应声伫候接应，一边分烟，一边请坐，上果子，捧茶水。他们嬉皮笑脸地问新郎："新娘藏到哪里去了？我们要吃冰糖茶啊。"新郎陪着浅笑，说："她正在泡冰糖茶呢，就来了。"话音刚落，新娘笑盈盈地出来，又是捧茶，又是分糖。他们一边上下扫视新娘，一边探手随便拿一杯，新娘感到好不自在。

有人边吃茶边急不可耐地说："糖吃了，茶也吃了，该闹房了吧。"新郎用眼神征求新娘的意见，新娘微微颔首。新郎兴奋地说："好！"

若有伴娘，一般会先唱几句，既是开场白，也是节目的总脚本。若无伴娘，在场的人就随便出题目给新郎新娘表演。

我曾经见过一场闹房，节目共有五出。

第一出：姜太公钓鱼。就是用一条红线缠住一粒糖果，系在一根竹竿上，新郎手把竹竿，作垂钓状，抖动竹竿，让新娘张口去吃糖果，新娘一吃到糖果，新郎就抱住新娘。

第二出：月里戏嫦娥。就是高处挂一个类似桃子的实物。然后，新娘问："新郎，那是什么宝物？"新郎答道："那是蟠桃，三千年才生一次的蟠桃。"新娘说："你我见到它，真有福分，能摘得到吗？""能，一定能！"新郎一边回答，一边抱起新娘，作比翼双飞状，意欲上天摘蟠桃。

第三出：龙凤抢珠。就是用一条红线穿过桂圆，将宝圆悬于红线正中间，红线一头叼在新娘口中，另一头叼在新郎口中，让两人同时动舌勾线，看谁先勾到桂圆。

第四出：观音滴露。就是让新娘口含冰糖茶，通过一条芒箕管，看它能否将第一滴茶水准确滴入新郎口中。

第五出：香烟点鼻。俗话说："双方同意，烟子乩鼻。"就是新郎用食指和中指夹着一支香烟，抵于鼻翼，作吸烟状，向新娘鼻子点了好几下，终于稳住，横亘在两人鼻尖之间，天堑变成通途。

仅有这些，有些人是不会过瘾的，可能另变花样，进一步折腾新郎新娘。

　　比如有人提出："要新娘说恋爱的经过。"这是老题目，新娘早有准备，当然不会被难住。

　　比如有人建议："新郎新娘啃苹果。"就是用红线吊着苹果，让新郎新娘一起啃。由于红线操在别人手里，而且越吊越高，新郎新娘脖子像长颈鹿似的一直伸着，又酸又痛，却只在苹果皮上留下几道浅浅的牙痕。笑声一阵又一阵。

　　比如有人喊道："新郎新娘齐衔糖，幸福生活万年长。"新郎明白这意思，掰了一粒牛奶糖，像吸烟一样的叼于门牙。有人提意见："糖果露出口外太多。"新娘只好把糖果往里吸，一直吸到嘴唇里面，他们才满意。新郎和新娘的嘴唇才贴近，掌声便"噼噼啪啪"响起。闹房在一片掌声结束。

　　我的老家闹房是文明的，没有陋习，既不折腾新郎，也不戏弄新娘，寻找乐趣是纯粹的，就为了增添喜庆气氛。

　　新郎护送新娘回洞房休息。新郎则要回头向他们敬酒。酒菜也备了好几道。直到尽兴了，他们才散去。

　　闹房的人走了，夜也宁静了，新郎新娘洞房花烛的美妙生活也就开始了。

祝　寿

　　在乡村，上十上寿，不单是指人吃上50岁，50虚岁，更有不易的意味。毕竟岁月有恒，人生无常。一个人，从"十五志于学"，到"三十而立"，到"四十不惑"，再到"五十知天命"，之后"六十耳顺"，"七十从心所欲而不逾矩"。知天命之年，显然是一个质的飞跃，不仅一跃成为寿翁，表明肌体已衰老，而且昭示心智正成熟。在这个即将步入"明白待己又明白待人"的生命之秋的关头，无论是成长的不易，无论是生存的艰辛，还是成熟的欣喜，都应当像对待丰稔那样志庆。这不仅是对寿翁的敬重，也是对生命的礼赞，亦可平添生活的温暖与诗意。

旧时的亲朋重情谊，即使不见红帖，不写在案，亦似惦记自己的生日，惦记每一位亲朋哪一年"做十"，按时在年关前往祝贺（五十岁之后，逢十必贺）。这种惦念，远比热恋中的情人相互惦记生日来得纯粹来得深刻。现年八十有一的父亲，依然记得诸亲诸友做十的年份，并在春节前提醒我们勿忘。若谁响应不大积极，他就会强调再三：人情，人情，做人要有情；人情来，人情去，有来必去，有去才来。记得小时候，早在腊月之初，父母就开始盘算当年有多少个"十"需要贺，总共需要钱物，又将如何筹备。在那个极度贫穷的年代，这自然也成为一个不小的负担。钱债可欠，人情不可拖。能够自给的，当然最好，自给不足的，只好东挪西借了。终于凑齐了。每人一份贺礼，通常是：一只鸡或一个猪肚、一个猪脚等熟食，几斤线面，一块布料，一双鞋，一双袜，一幅松鹤图或寿星图、一面镜框。若是出嫁的女儿献给父母的寿礼则丰盛许多，一般为大红烛、长衫、长袄、高帽、线面、鞋、袜、鸡，物色十样，寄寓十全十美。大人若有闲就亲自道贺，没闲便差遣小孩代送。那些天，寿翁收受的礼物自然不少，有物质的，也有精神的，有吃的，也有穿的，可谓丰衣足食。同为做客，同为款待，此时显然比平素更丰盛更隆重。作为首次差使而往的小孩，那个时候，真正在乎的，不是口腹之欲，不是遗留的食物，也不是回馈的果子，而是红包的胖瘦——出发之前，已在揣测此行可能收获多少挂脰（见面礼），甚至嬗变为欣然前往的全部动机。不过失望每每大于希望，红纸很厚，内容很薄，仿佛发育不良的坚果，壳那么大，仁却那么小，多为几角，上元的寥寥无几，至少我所遇的大抵如此。若不被大人抽成或没收，尚可阔绰显摆数日，起码可在春节期间，多买几粒糖果，好好抚慰饥渴的味蕾；也可以选购几粒鞭炮，扔给平时凶过我的邻居小狗，给它制造一些恐惧；当然也可将纸币换成硬币，踣掉丢：呼来童子六七人，各带一把硬币，先选出头家，再定游戏规则——踣同一种硬币，正面朝上者赢（两个以上的均分），头家先踣，而后依次踣，轮番进行，踣得肩酸臂痛，手掌破皮出血，直至日落西山，家长千呼万唤，才各扑其巢……

以上说的是给亲朋贺十。下面再说说贺十的题中之意——邻居祝寿和亲人祝寿。及至年根，邻居除了"捧面"，即给寿翁送去线面两束，另加一大块鸡肉或猪肉等熟食，以示祝贺之外，还约定"请拾"时间。所谓请拾，即从正月初三早上开始，族亲按户轮流宴请寿翁，早晚各一顿，并由一位家人陪同，甚为荣耀。房头旺的，族亲多的，盛宴可持续到元宵之后乃至春耕开始。做乡村人家的女婿真好，头一年居然也跟寿翁一样享受这一尊贵的礼遇。正月初三，有本事的寿翁家里布置寿堂，张灯结彩。厅堂摆放寿桃、寿面诸物。正中悬挂"寿"字红幛。点起大红烛。至亲咸集，宾朋毕至，满堂敬贺，其乐融融，如沐春风。有的还请来戏班或乐队，增添禳寿气氛。寿翁吃过太平面之后，依夫左妻右，端坐大厅，接受拜寿。至亲依子、孙、曾孙，包括女儿、女婿、孙女、孙女婿、侄女、侄女婿一辈；族亲则按亲疏长幼，依次逐一拜寿。寿翁给每人发一花彩。至亲拜毕，即按男左女右仵立寿翁两侧，向其他贺寿者鞠躬致谢。中午办"寿酒"，俗称"初三昼"。席间，众人纷纷向寿翁敬酒致贺，鞭炮也放个不停……尊老敬老之风，左邻右舍之情，暖暖如春，淳淳如醪。

辞　世

"死生亦大矣。"事实并非庄子所断言。较之于生，死的诸般仪式更加繁杂与隆重。以下是上寿亡人的仪式，没有上寿的，按下不表。

　　若说敬重生命，乡村草民的言行，完全契合《左传》所说的礼："事死如事生。"他们除了对恶人，即使称死亡，也颇多踌躇，慎之又慎，曲里拐弯，委婉之至，极尽唯亡者尊，几乎不用那个惊怖、狰狞的字眼，写于书面的，多为春秋笔法：千古、作古、溘逝、仙逝、逝去、

大去、辞世、谢世、去世、离世、逝世、即世、弃世、终年、长谢、
永别、身故、辞尘、牺牲、升天、安息、羽化、仙游、仙驾、归西、
往生、坐化、圆寂、撒手人寰、含笑九泉、驾鹤西去、与世长辞、
天不永年……出于口头的，更是曲尽其妙：断气、没脉、不在、解脱、
过世、过身、起身、百岁、困眠、拈起、殁了、老了、走了、生了、
鼻软、脚趾、不吃饭、上西天、不做人、做故人、去做客、去看山、
去当护林员、去见马克思、去阎罗报到、被某某人叫去……

绝大多数的人看重长辈的后事和自己的后事，不少凡人在
活着的时候甚至不到 50 岁就着手筹备了。是他们担忧生命的
无常，那么匆忙应对？还是他们也把死亡看作迟早要来的节日，
那么坦然迎接？

"卜其宅兆，卜其地之美恶也。地美则神灵安，子孙盛。"
尽管许多人未必知道宋人程颐所说的这句话，但对于风水的笃
信，对于入土为安的笃信，如同对于神灵的笃信，根深蒂固，
坚如磐石。最先筹备的是，人的最终归宿——坟墓，俗称"寿房"。
选址极为慎重，不仅尽可能请来最有名气的堪舆先生踏勘，有
的还邀来多位进行复核。

开土，显然择于吉日良辰，在自上而下连铲三锄头之后，
立块石头，并在石头前面插下 1 束香、3000 纸钱。此后可随时
动工。有的直接挖穴做圹，有的用砖头拱圹，有的则用青石垒
砌。施工期间，若遇初二、十六，须做牙，即请土地公，以求
平安。做牙须供：白粿 3 沓，肉 1 斤，香 1 束，红烛 1 合，纸
钱 3000。立墓碑与开工一样慎重，也要看时辰。墓碑依范例书

人生盛典

写。竣工之日，再请土地公。

之后，便是筹备棺材。不过，没人如此直言不讳，它跟言说死亡一样，也有许多禁忌，几乎都说婉言，比如棺材板，就叫"寿板"。至于棺材，则称"寿房""柴母""长生""长寿""硬壳"。于是，做棺材，便多婉言："做寿房""裹长生"。

寿板多为杉木，一般有4种，分别由4、6、9、11块组成。搬回之前，须贴红。由4块组成的，不计前后樟头，即天、地、二月各是一块完整的大厚板。此种寿房又称"全成"。由6块组成的，不计前后樟头，即天、地各是一块完整的大厚板，二月分别是两块拼成。此种寿房又称"六甲"。由9块组成的，前后樟头算1块，天、地、二月各是2块，俗称"九甲"。由11块组成的，前后樟头算1块，天、地各3块，二月各2块，俗称"十一甲"。

裹长生与做坟墓一样，也要选择吉日良辰。不过，大多选在冬至之后。开斧时，取天板或地板的中间劈三下，并贴上红纸；要给木匠花彩若干。此后随时可做。做好白坯，桐油加炉底煮熟，拌入碓细、筛过的土砻土，涂漆表面。晾干后，再漆桐油若干遍，直至油光可鉴。据说，油漆每7天1遍，但极少如此，村里只有一个叫天榜的富人找来很多碎瓷片，碓粉，拌入桐油，油过7遍，历时半年——由于棺材过重，墓地又远，压得抬棺人叫苦连天。后来，乡人比方所抬的东西极重时，就说："天榜棺材没许重。"完工，须供：白粿3沓，鸡1头或猪肝1块，香1束，红烛2支，百子炮1串，请鲁班。顺便煮几碗菜，酬谢至亲与木匠。寿房或放于后堂，或藏于房间。那种模样，那种颜色，着实瘆人。放有寿房的地方，令人畏惧，小孩几乎不敢涉足，偶尔误入，旋即毛骨悚然，拔腿而逃。

选择闰年，于清明或冬至当天由女儿（自家）裁缝被褥 1 条，老鞋 1 双，白内衣内裤 1 套。

后事准备充分，即可避免届时丧乱一片，纠结一团，更不至于走路也不知先迈哪条腿。

"养生者不足以当大事，惟送死可以当大事。"在孟子看来，送死，是华夏传统的真正大事。送死的那一刻终于到来。至亲除了悲伤痛哭，还要忍痛隐悲，安排料理后事。丧葬仪式从来都不仅仅是一家之私事，而是一桩集体事件，牵扯所有的远亲与近邻。因此，它可作为检测世态炎凉、门户高低的一种试剂或试纸。最先闻声而来的是邻居，探询几句之后，立即加入忙碌的队伍，有的去发丧，<只带"符兵"：红纸折成信封状，外贴白纸条，犹如邮票，送给舅舅，每户一封，不得转交，不得放于桌面，务必放于椅上，而喜帖（女子出嫁须带不同规格的礼饼各一份）则相反，可转交，不得放于椅上，务必放于桌面>，有的去看时辰，有的去采购，有的在张罗……

若有蚊帐，立即拆帐。不是寿终正寝（指男性），不是寿终内寝（指女性），即殁于半路的，也就无所谓拆帐了。孝男孝女嘤嘤嗡嗡，哭成一片。孝女痛哭亡母，比如：

娘奶啊——娘奶！

娘奶心肝怎么会许凉啊，娘奶！

您囝脚踏进门不见娘啊，娘奶；

娘奶啊——娘奶！
金山银山可争取啊，娘奶！
金山银山不换我的娘啊，娘奶；

娘奶啊——娘奶！
手牵娘奶衣裳襟啊，娘奶！
失去钱财苦能过啊，娘奶！
失去娘奶苦透底啊，娘奶！
······

接着由孝男或孝女为亡人净身，俗称"洗三把"，即自下而上擦洗，脚洗一把，身洗一把，头洗一把。孝女痛哭：

娘奶啊——娘奶！
囝囝给您来洗身啊，娘奶！
娘奶一世劳苦没出身啊，娘奶；

娘奶啊——娘奶！
这回您囝才明白啊，娘奶！
万刀千剑插进心啊，娘奶！
······

洗毕，装殓，即穿袜、穿鞋，穿裤（通常3、5条，含白色内裤，套在一起）、穿衣（通常4、6件，含白色内衣，套在一起），接着给亡人戴帽或梳头。装殓前，务必拆除或剪掉所有衣裤的口袋。装敛时，孝女痛哭：

娘奶啊——娘奶！

囝囝给您来穿袜啊，娘奶！

保护囝囝大快活啊，娘奶！

囝囝给您来穿鞋啊，娘奶！

保护囝囝读书高门第啊，娘奶！

囝囝给您来穿裤啊，娘奶！

保护囝囝代代富啊，娘奶！

囝囝给您来穿衣裳啊，娘奶！

保护囝囝个个都发祥啊，娘奶！

……

而泪水被视为不洁之物，既不能洒沾在亡人身上，包括业已装殓的衣物，造成玷污，也防哭者泪水被亡人带走，招致不测。装敛毕，拿来两片铜钱，从亡人手心滑下，出现一正一反时，用白纸糊上，并用线系在一起，当作珓杯。随即盖过被褥，在床前烧"走路钱"，即焚烧纸钱，一张一张地烧，一岁一张，几岁就烧几张，一边焚烧，一边敲铁瓢，"铿铿铿"，低低回响，同时念道："过涧慢慢走，过圳慢慢走，上岭慢慢走，下坎慢慢走,阴间小姐牵您慢慢走。若有茶店要吃茶,若有凉亭要歇气,若有酒店要吃酒。囝囡给您金银使不完,保护囝囡吉又祥……"反复念叨,直到纸钱烧完。很快也就摆出一张小桌,俗称"灵前桌",供着:灵炉碗,碗中点着灵前火;桌前压着灵前香,头朝外,意谓将亡灵引向阴间;这些火与香要点烧到尾七。桌上摆放的当然还有白米饭,盛得锥锥的,有几个子女就盛几碗,熟蛋也几个——其实每个蛋都只有一半,蹾于饭顶,蛋的两侧各竖插一根箸;每碗边还放着一酒盏饭。在贫穷的年代,这显然是最丰盛的独享了。亡人吃饱了,才有信心与力气上路前行。孝女哭亡母道:

白日当头午当昼啊,娘奶!

孩儿供饭涕嗼嗼啊,娘奶!

可怜娘奶去黄泉啊,娘奶!

一路孤单又凄凉啊,娘奶

……

这时,要放一串百子炮,并在大门或廊柱上张贴讣告(一出殡就清除)。之后,须有一人守灵,以防家猫窜入。传说,万一猫相冲,亡人可扑抱。

一个人的去世,如同一棵被飓风刮倒的树,几乎扯出所有隐蔽的根须——连那些久违的亲朋也风尘仆仆地赶来,并以最真诚的方式,表示哀悼和抚慰。娘家那边的来人不论男女老幼,丧家的人都要下跪。他们有的带来祭品，祭礼通常为：白粿截7段，肉1刀。孝女祭礼则为：猪头1个，鸡2只，蹄肉1腿，白粿截7段。有的是人先来，祭礼后到。孝女一把鼻涕一把泪，甚至一路跌跌撞撞而回，至少快到娘家的那段小路如此；祭礼若来不及带回，至少要随带腰白5条，白帽5个。

上孝务必在娘家亲人来临之前。孝男需理发的赶紧去理，否则要蓄至百日；孙辈至少要蓄至尾七。

服叙不同，长幼有序，亲疏有别，孝男头戴草环，身穿麻衣（有过嗣的，只穿半爿）；孝女头戴白帽，身穿麻衣；长孙戴白穿白，内曾孙戴白穿黄，外孙戴白穿蓝；辈分低的族亲也戴白穿白。白色，黑白，是死亡的颜色。

灵堂设于后堂，神龛之前挂着一块黑幕，中间贴"奠"字，两边贴挽联："平生俭朴留懿德，从来助人垂嘉范。"横批："音容宛在。"幕前设供案，中间靠后摆遗像，前面放祭品，两边置烛台（一出殡就拆除）。

入殓，俗称"落柴"。那时须点火把，将棺材搬到后堂，放在地上，棺头向左，棺尾向右。天板移开另放。后堂正中摆放灵椅，一张不知坐过多少亡人的太师椅。灵椅前竖着一捆草荐，以防家猫突来，亡人扑抱。亡人由孝男孝女或亲人从床上移来，坐上灵椅，俗称"坐后堂"（亡人床铺随即拆除，连同生前用品，统统扔到野外，任日头晒露水打）。孝男孝女护守一旁，哭号盈天。《礼记》称之为"哭踊无数"。孝女哭亡父：

郎爸啊——郎爸！

郎爸心肝怎么会许残啊，郎爸！

会舍许早过台坪啊，郎爸！

许日郎爸会说也会笑啊，郎爸！

今旦只见后堂一部柴啊，郎爸！

……

　　木匠拿一束麻丝往亡人腰部拦过，分给孝男孝女，稍稍一搓，顺手扎于腰间；接着铺"寿底"：先倒入稻草灰，铺过草纸——通常铺 12 张（闰年加 1 张），或铺 3 重 21 张，再铺过白布（一般由女儿提供），随手剪出一片，再剪成布条，分给孝男孝女，扎于手腕（按亡人性别，男扎左，女扎右）。之后，在棺材头那一端放下白布缝成的枕头，内里充满白纸折成的元宝，俗称"金银"。枕头两端插鸡角、鸡母羽毛各一根。随即由孝男或亲人七手八脚将亡人抬入棺材，不，更像合力抱起一个在地上耍赖的小孩；由孝男或孝女遮过被褥——可能是平生从未遮过的最好被单；放入生活必需品：茶壶 1 个，柴爿 7 担（实为 7 爿），大米 7 斗（实为 7 盏，且是酒盏口朝下，用盏底量出），茶叶若干；最后木匠吩咐："你去做客了，一切安排完妥，放心去吧。讨食要去大乡村，出世要去大地方……"死亡是最特殊的告别，有着任何亲人不能承受的情感重量——毕竟人生真正的诀别在这，见最后一面在这，说最后一句在这，看最后一眼也在这！此时此刻，表达内心，除了哀号，除了泪水，一切都显得无力与多余。唯独木匠是例外的，因为他手上的事情是例外的。他仿佛在叮嘱一个懵懂的小孩。吩咐毕，除了至亲和木匠，其他退场，唯恐自己的影子被棺材盖盖住。人们认为影子是个人或灵魂的一部分，若被盖住，就会有损于健康或运气，甚至折寿。木匠搬过天板，盖上，并将 X 状的木楔嵌入卯眼，有的还打上一拃长的棺材钉（时辰不合，寄棺除外）。这一刻，尤其是打钉，那才是真正的阴阳两隔，至亲悲痛到了极点。盖棺毕，孝男跪下，左手接过木匠递来的斧头，右手递过花彩（一般由女儿提供）。接着抬起棺材横在两条长凳之上，进行"上马祭"：八仙桌上供着由女儿带来或丧家自备的祭品：鸡 1 只，粿截 7 段，猪肉 1 刀（二三斤），鸡蛋 2 个，纸钱 3000，香 1 束，白烛 1 合，百子炮 1 串。长明灯摇曳不定，仿佛亲人恍惚的眼神。撮些灵前饭放于屋角，其余则在一边举着桃枝抽打三下，一边唤狗之际，将灵前饭连同碗盏弃诸野外。出殡之前，早晚烧纸钱。

丧家财力若许可，有的在出殡前举行"开光""超度"或"破狱"。各位亲朋另办一副供品：粿截 7 段，猪肉 1 刀。他们相信，亡人前往另一世界的路上，需要光；那里的生活也需要光。他们也相信，渴望光，祈求光，就有光，就有光的指引。这些仪式很繁杂，有待专文记述。

丧家给所有发放白带和红带（回龙时收"白"挂"红"）。白带往腰上松松交叉一系，不宜系紧，更不能打成死结。

时辰若刚好，出殡在即；若不合，则等待。家庭若困难，则停棺待葬。

临近出殡，俗称"出葬""上山头"时，举行"开路祭"。下埕摆了好几张八仙桌，摆满自办的与亲朋送来的祭品。灵柩被移至祭桌之前的长凳上，凳前放草荐为拜褥，供叩拜之用。行叩拜礼前，至亲，尤其悲恸欲绝的孝女伏棺痛哭，呼天抢地，力劝无效，强拖不起，又是捶胸，又是拍棺，又是碰撞。孝女哭道：

郎爸啊——郎爸！
您囝双脚跪圆圆啊，郎爸！
回想郎爸做田园啊，郎爸！

郎爸啊——郎爸！
郎爸从来勤又俭啊，郎爸！
没使囝囡一片钱啊，郎爸！

郎爸啊——郎爸！
郎爸一世有担当啊，郎爸！
天晴落雨为囝孙啊，郎爸！
囝孙没捧一盆洗脚汤啊，郎爸！

郎爸啊——郎爸！
郎爸此去不回头啊，郎爸！
您囝双手抱寿头啊，郎爸！

个个目油哗哗流啊，郎爸！

郎爸啊——郎爸！

以前凡事共商量啊，郎爸！

今后有嘴讲没话啊，郎爸！

怎能叫囝不思量啊，郎爸！

……

引得全场泪水涟涟。这是哭号第二次高潮。孝男、孝孙三叩拜后，依序排列于左（孝男蹲着陪拜）；女婿、外孙三叩拜后，依序排列于右；侄、孙三叩拜后，也排列于左，接着嫲亲、娘亲等依序叩拜。其他亲朋依序致礼。礼毕，起棺。

"辟踊，哀之至也；有算，为之节文也。"《礼记》又这么劝导节哀自重。哭号的人终于被一一支开。抬棺者利索地夹上龙杠，绑好，盖过红毛毯，准备上山。此时，有孝女哭道：

郎爸啊——郎爸！

郎爸心肝会许凉啊，郎爸！

怎么许早过南洋啊，郎爸！

做您囝囝做不够啊，郎爸！

想到郎爸心就凉啊，郎爸！

……

有一女邻居陪哭道：

手拿红毯披寿头，
保佑囝囝起高楼。
手拿红毯披寿埏，
保护囝囝大赚钱。
手拿红毯披寿尾，
保护囝囝做家贿。
一双龙杠挎寿头，
保佑囝囝齐出头。
一双龙杠挂寿埏，
保佑囝囝齐团圆。
墓地也坐好山母，
保佑囝囝齐齐好。
墓地也坐好山头，
保佑囝囝大发头。
墓地也坐好山埏，
保佑囝囝排排连。
墓地也坐好山脚，
保佑厝当（邻居）齐发家。
……

锣鼓随即响起，皆为阴调，低回哀婉。送葬的人各就各位。

打头的是由孙辈依次擎着带枝的竹竿分别系着白、黄、蓝、绿、红布条的 5 面彩旗，接着是锣鼓队，往后依次是长孙怀抱遗像（没有长孙就外孙），提火笯（呈笊篱状铁器，内烧松明），抬棺，孝男、孝女，族亲男人、女人，亲朋男人、女人。孝男戴孝另加：草环、草鞋、孝杖（父丧左手握持，母丧右手握持）。孝杖柴竹有别，亡人是父亲或祖父的，为柴棍，缠绕红、黄、白三色纸条；是母亲或祖母的，为竹棍，也缠绕同样纸条。抬棺、提火的均腰扎白布，头戴斗笠，脚穿草鞋。

棺材虽有 4 人共抬，但由于太重，加上一路燃放鞭炮，散发纸钱，还要协调冗长的队伍，行走是缓慢的。最有看头的大抵要数嵩口的了。嵩口的抬棺步伐曾有三种，分别叫"大波浪""鸟子跳"和"八字脚"。以大波浪的方式抬棺，盖棺的红毯跟随步伐呈波浪式起伏。小鸟行走似的抬棺材，与大波浪一样，早已失传。如今仅存八字脚。起棺时，踢倒长凳，8 个抬棺者双脚呈"八"字迈开，先三进三退（进大步，退小步）后，如蚯蠕动。如此笨重的活计，他们却不带钩挂，只换肩，或换人（另有 4 或 8 个替补）。换肩时，脱下斗笠，换过肩膀，从第一个到最后一个，俨然轻风吹过夏天的荷塘，起伏有致。大女婿怀抱亡人遗像走在前头。棺后系一条长长的白布。孝男孝女依次排列，手拉白布，表示不舍和挽留，不舍亲人，挽留风水。在途经人多的路段，抬棺者扭秧歌似的步履，不知是娱乐，还是悲怆，抑或兼而有之。

话头回到老家。走了一程，选一处开阔的地方，举行"半路祭"。那里已摆好两张长凳，八仙桌上也摆了祭品。祭品由女儿提供，主要有：粿截5段，猪肉1刀，纸钱3000。没有女儿，祭品则自办。棺材停放于长凳，抬棺者乘机歇气。若有鼓乐，暂停。孝男孝女跪拜过后，放百子炮，鼓乐又起，继续前进。孝女及其他送葬人员可去白披红，折青返回。收起的祭品归提火与抬棺者共有。这是规矩。

来到墓地，放下棺材。解下龙杠，推上墓头。孝男孝女脱去孝服，其他人也解下孝物，装入麻袋带回，同时披上红布或腰扎红带。草环扣在墓头，孝杖直接插于墓头，彩旗解下布条后，也插于墓头。熄灭火笔，点起马灯，孝男人手一盏。进葬师傅先行到达，做好进圹准备。圹门已打开，并用炭火烘过。墓圹顶端点着两根白烛。圹口平放一副滚只。用糍来请土地公。棺材在进圹师傅的指导下，由抬棺者缓缓移到滚只之上，交由进圹师傅小心翼翼地推入——绝对不能撞击后山！进圹师傅抽出滚只，封圹，留一小孔，由孝男或至亲撮些泥土撒入，"告知"亡人每年祭墓时间（通常是清明或冬至）。之后，密封，鸣炮，分糍，吃糍。山野又添一座新坟，乍看有如倒扣的饭碗，不由想起那句令人生怕的俗语："人吃土一生，土吃人一回。"

返回，俗称"回龙""回舆"。孝男提灯跟在遗像或神主牌之后，依次为：孝男、族亲、亲朋。务必沿原路返回，意谓"有去有回"。带回的东西都要贴上红纸，一件不漏。还要带回少许拌泥浆的清水，烘圹的炭火。孝男先进祠堂，安放灵位，并置礼一副：白粿5沓，肉1刀，元宝若干，纸钱3000，香1束，百子炮 1 串，并行孝男跪拜礼；再到祖厝，请公嫲，置礼：同上；最后回到住处，再献一礼：同上。礼毕，兄弟之间分火种入灶膛，以期薪火传承不息；将带回的清水倒入水缸，意味后代饮水思源。丧家须办酒酬谢热心人。那酒席叫出丧昼（设于当天中午），也叫丧罢宴。酒席所需的花生与红酒由亡人的女儿提供，否则女儿要出钱给抬棺及提火者。

从亡人去世那天算起，每 7 天 1 次"做七"，总共 7 次。每次由媳妇在公嫲龛上供出：洗脸汤 1 盆，毛巾 1 条，茶水 1 杯，白米饭 1 碗，配若干（一次荤一次素），先烧香 3 条，轻唤亡人，接着卜珓杯，若一字一扑，表明已来，再跪拜、哀哭，最后焚烧纸钱，多多益善。"头七""五七""尾七"须办一大礼：鸡 1 只，肉 1 刀，粿截 7 段，香 1 束，百子炮 1 串，纸钱 3000，白烛 1 合。至亲也会办来此礼。其中头七、尾七举家恸哭设祭。尾七时，焚烧一切孝物，厅堂张贴白联。

丧家若有非办不可的大事，比如既定的婚事，可"借孝"于百日之内完成，否则须待三年（实为两年），守孝期满。

到 100 天，女儿办礼"做百日"：鸡 1 只，肉 1 刀，粿截 7 段，香 1 束，百子炮 1 串，纸钱 3000，白烛 1 合。孝男方可剃发。

周年之内，丧家过年过节禁制米类食品，由姻亲"送节"：端午送粽，冬至送薝（糯米粉），春节送红团、糖糕。回馈红箸 1 副。

到周年，由女儿办礼"做周年"。礼同百日。

到三年，仍由女儿办礼"做三年"。礼同周年，回赠：红布 1 尺，红箸 1 副，红花 1 合；厅堂张贴红联（第一年为白联，第二年为蓝联）。

一个人，不论平凡或伟大，不论成功或失败，不论低贱或高贵，也不论贫穷或富裕，他（她）一旦死亡，就会成为一个不小的事件，一下子变成怜悯、忧恐、热议、敬重等复杂多样的情感对象。因而，死亡和丧葬是一切风俗中最持久、最郑重的仪式。在乡村，在传统的邻里间，一个人的死亡，一个家庭所经历的悲痛，往往演绎成宗族部落乃至整个村庄的集体情绪与共同行为——在探视、跪拜、哭泣、哀思、感喟和忙碌之中，亲情、友情、邻里之情得到巩固或升华，一些旧有的恩怨和误解也会得到消弭或冰释，甚至重新认识生命，审视人生价值，改变生活态度，朝着积极，或朝着消极，各自接受关乎生命意义的现场教育。正所谓"丧祭正，则人心安"。

"不胜丧，乃比于不慈不孝。"《礼记》这话很精辟。是的，该是曲终人散的时候了，诚如陶潜所道："向来相送人，各自还其家。亲戚或余悲，他人亦已歌。死去何所道，托体同山阿。"是的，生活还要继续，亡人去冥远，活人要吃饭。眼下，一边是死亡盛典的帷幕在徐徐降落，一边是活人正常生活的旗帜在缓缓升起。

"生，事之以礼；死，葬之以礼，祭之以礼。"孔子的教诲，在我的老家得到了很好的践行。它让我重新认识了女人，尤其是作为亡人的女儿，她在丧事中所承担的任务，是那么的繁重——远远超过男孩。然而，身为父母的，你们为什么还重男轻女，甚至溺埋、丢弃女婴？它也让我重新审视了葬礼，在乡村，多少亡人生前没有得到子女应有的礼遇，甚至吃不饱、穿不暖、居不安、病不医，生而不"荣"。然而，其死却"哀"，"孝男孝女"所举行的葬礼，已非古人所倡导的那种"慎终"，仅仅为自己所谓的"体面"而张臂遮羞，或仅仅因畏惧死者灵魂的愤懑而花钱消灾——仪式化大大超越了情感本身，并非"哀死而爱生，悔往而慎来"，完全违背了《礼记》关于葬礼的一般原则："丧礼，与其哀不足而礼有余也，不若礼不足而哀有余也。"

从今以后，人们将在传统节日里举行祭祀仪式，于幽明之间，让我们的追思之情绵延不断。那么，逝者虽逝，但她与生者和人世的联系却从未中断，也就能够像老子所断言的那样："死而不亡者寿。"

司马光曾大发感慨："教化，国家之急务也，而俗吏慢之；风俗，天下之大事也，而庸君忽之。"若把人比作草木，那么，风俗，便是空气，便是行走其上的风。不论古人，不论今人，谁也不能不受风俗影响，谁也不能不生活在其中，谁也不能离开它。不过，时移世易，风俗也在演变，乃至消失，旧有的许多风俗只能从核桃似的老人口中听取些许，从幽黄的故纸堆里搜索些许，再也不能身临其境了。上述文字，只是我根据老家盘洋的几位耄耋老人的讲述整理成的，与原初繁复的风俗相比，难免有所出入。况且"八里不同风，十里不同俗"，每个地方的风俗如同不同纬度的植物，不可能完全一样。而我看重其中的大同，它的教化功能——那种对生命的敬畏，对风俗的尊崇，对先祖的膜拜——有些可能带有迷信色彩，尽管亦作详尽描述，然绝无倡导之意，只是尊重口述而已。曾子说得好："慎终追远，民德归厚矣。"朱熹对此作注："慎终者，丧尽其礼；追远者，祭尽其诚。"有鉴于此，我们不妨宽容它，而不是蔑视它。有鉴于此，我访问，我聆听，我记述，我思索——自然想起一句名言："良俗是人间永恒的'雅歌'。"

陈家恬，1963年出生，祖籍福州永泰，中国作家协会会员，已出版农事散文《日落日出》等，曾获福建省百花文艺奖一等奖、福州市茉莉花奖一等奖。

薄暮惊鸿

水　仙

◎ 伍明春

父亲让我们坐下来谈谈水仙
家中这两个匆匆的过客
它们被一再推迟的花期
究竟因为什么。冷空气
不可能是唯一的理由

有多少水仙正在开放和凋谢
而我们的两盆水仙
仍在相互期待观望
像一对久违后重逢的老友
见面时说不出一句话来

多么希望它们永不开花
高举花苞保持青绿
就如我们之间的情义
无须太多的语言道破
让彼此的秘密在秘密中汇合

伍明春，1976年生，福建上杭人，文学博士，现任福建师范大学文学院教授、硕士生导师，兼任福建省文艺评论家协会副主席、福建省美学学会副会长等。已出版诗集2部、诗学论著3部。

薄暮惊鸿

二十年后路过林浦村买了一盆黄甲鱼

◎ 练暑生

我对死亡感到的唯一痛苦是没有叹息

肉欲与灵欲如智能一般平静、迟缓却偶有跌宕

当时是被旧事扔下了汽车，徒步走到公交车站

林浦村被我横穿过去，没有一点点的呻吟

跟平时没有什么两样

一些考证过的石头模糊之中有一些印象

爬上去的时候，路面平整，配上远处的桥亭

一种古代的幻觉很快出现，这个地方确实还是一些景色

山阴道上的故事、森林里的骨骼

头戴瓜皮小帽，身穿旧时衣冠，将一些细微的表情

刻画出来，包括过去梦醒后无路可走的乡愁

放在客厅背后的书架上，想象面具的模样

吐出你我不可言传的理想

林浦村现在接入了南台大道

我提着一脸盆野生物种，头皮发痒

手指动作受了点影响

开始想象强硬、苛刻、粗鲁和暴力

表面上并不是一封情书

不同于《百年孤独》，窃窃私语或长声哀叹

书中的神秘的行动，却有好多次

告知人们，会腹泻、吐黄水，常常昏厥

粗硬的头发闪着民族的光，让人生不如死

然而旧时江水潮湿得厉害，天空乌云密布

人们按照习惯，男女分座，统计雨后出来的蚂蚁

为一天的初战告捷在床上翻来覆去

为了亚麻衫在黑暗中沙沙作响一阵

沉溺于最后一张祖传的床上，浑身无力

态度相当人道，用锦葵叶和橘皮煮成其貌不扬的水
培育了良好的镇定效果

住在这个地方，我们苦修美好

相忘江湖，桀骜不驯

它叫作都市、城市或者是城里面

可以看到轻松快意的山，有着天恩的变化

在另一些地方，应生活着同样的村落

年年遭遇冒雨横渡的淑女，记下了闽江的贞洁

我扮演了一个优雅的男子不分四季

顺着江流而下，饮酒过度，两岸一时明暗对照

歌声如夜来香，李白夫妇郎才女貌唱起了南宋北宋

这些感觉多半令人不快，影响了机智的鱼

完全不开化，非常贪婪

佯装一对秘密情人，深沉、博大、淳朴

隐藏在金属的仪式后面，养成难以言表的温良

出现在青浦街上，不对，是林浦村口

压迫我，奴隶我，让我记错了村子的名字

忘记了这里是一个王朝带来了末日

豪华的船只表达了

他们的焦虑，像马铃薯的皮一样明确易见

练暑生，闽江学院人文学院院长，教授。1972年7月出生，1996年毕业于华东师范大学中文系，获学士学位，2009年毕业于福建师范大学文学院，获博士学位。发表各级各类学术论文近50余篇，其中核心期刊论文17篇，权威刊物论文3篇，出版专著3部，三人合著《文学理论》（国家十一五规划教材）一部，主持省部级课题1项。

二十年后路过林浦村买了一盆黄甲鱼

雨天遐思

◎ 涂映雪

一场雨

误入了一个季节

将盛放的花朵催落

漫天的雨幕

遮住了春天的入口

不能外出赏花

只能剪裁一段午后时光

拉长，凭栏读书

在心里种植风景

种百畦桃树

引十里春风，穿过

山高水长，帆行柳岸

再设计一场邂逅

由你打马而过

薄暮惊鸿

衣袂翩飞

此时蹄声嗒嗒
溅起的水花
潮湿了绵长的思绪

用雨声冲一壶香茗
将光阴泡软
而你
却不在身

涂映雪，笔名冰梦，1968 年生，籍贯福州。中国诗歌学会
会员，中华诗词学会会员，中国楹联学会会员，福建省楹联学
会副会长，福建省作家协会会员。作品刊于《诗刊》《星星》《福
建文学》等，出版诗集《冰之梦》。曾获中国诗歌春晚2019
年度《十佳新锐诗人》奖。

蜗　牛

◎ 陈俊杰

味咸，性寒，有点小毒

四海为家天生的流亡者

移动是缓的，速度均匀

犹如那些坐在门口向外祖父学习拉二胡的

逝去的日子，一天天漫长而又充实

常被弟弟囚禁于玻璃瓶中

善良的姐姐则会将它放生于高大的桤木

借由树皮越往高处就越干燥的青苔

爬向天空一抹浅色的蓝

然而追循着那条喷气式飞机尾气般

泛着银白色泽的黏液线

淘气的弟弟，将再次抓到它

陈俊杰，1992 年生，福建仙游人，诗歌见于《诗刊》《福
建文学》《海峡诗人》等。

金色的布拉格（外一篇）

◎ 黄文山

当我们走进布拉格城堡时，天色骤暗，大雨不期而至。这场波西米亚的豪雨，下得颇有气势。雨点热烈而坚决，落在城堡广场的石头地上，犹如奏响一支铿锵的战曲，让人一下回到中世纪的腥风血雨中。城堡大门立柱门首上的两尊雕塑，就是两位将强敌制服的勇士，一位手持利剑，直指敌人的心脏，一位挥舞木棒，欲击对方的脑袋。雕塑的形体被刻画得生动有力，瓢泼的雨势，让两尊战神益发精神抖擞。城堡面积不大，但规划有序。自马提亚斯城门进入，迎面是一个大广场。西班牙厅、圣十字教堂、旧皇宫依次分布在广场四周。大概因为下雨的缘故吧，此时，游人不多。雨中的城堡，显得格外空旷，格外宁静，也格外庄严。

不过，这雨来得快去得也快。一会儿工夫，瓢泼大雨便成了淅沥小雨。周围的景物也渐渐清晰。这时我看见广场旁，有四位音乐家正在雨中演奏。一支小提琴，一面大提琴，一支黑管，一面手风琴。这是典型的欧洲四重奏。他们沉浸在自己创作的音乐中，雨似乎不能阻挡他们心中飞扬的音符。他们的面前竖着一只圆桶，桶沿上叠放着音乐碟片，这当是四位音乐人在推销自己的新作。游客如果喜欢他们的作品，可以取走碟片，随意给钱。钱就放进圆桶里。

俄而雨止。阳光透过密密的云层，轻轻地洒落。布拉格城堡矗立在一座小山上，从城市的每一个角落，只要一抬头，便能看到这座巍峨的建筑。而从布拉格城堡上俯视，只见一片片橘红色的屋瓦，连绵接堞，蔚为壮观，而一座座教堂的塔楼尖顶，在阳光照射下，更发出金色的熠熠光芒。

哦，布拉格，金色的布拉格。我一下便想起中学地理课本里对布拉格的这句描述。50年前，当地理老师摇头晃脑、绘声绘色地说到布拉格时，我像触了电似的，思维定格在这座远在万里之外的异国都市。

1350年，布拉格被定为神圣罗马帝国首都，从此步入它的辉煌时期。这是神圣罗马帝国皇帝查理四世宏伟计划的一部分，将这座城市建设成"北方罗马"。他在这里建立了中欧第一所大学，修建新的教堂，包括极尽富丽的圣维特大教堂，在伏尔塔瓦河上修建以他的名字命名的石桥。欧洲最优秀的建筑家、雕塑家、画家、音乐家、作家也云集于此。随着文化、商业和贸易的繁荣发展，布拉格成了中欧的文化中心、商业中心和宗教中心。

查理大桥，是一座多拱石桥，也是中欧地区迄今为止最长的桥，长505米，宽10米。查理大桥和圣维特大教堂的设计者为同一人，这两座不朽的建筑足以让彼得·巴勒名垂千古。

其实巴勒生前并没有看到自己的杰作完成。查理大桥于 1357 年奠基，直到 15 世纪初才完成。而圣维特大教堂直到 1929 年竣工，前后修建了将近 700 年。这方是真正的百年大计。

彼得·巴勒展现了一位伟大建筑师的卓越天才，他设计的查理大桥，成为一道与波光潋滟的伏尔塔瓦河绝配的风景。没有谁走上桥头不为之称叹，也没有谁只是把它作为过河的通道，匆匆而过。它堪称一座露天的艺术之宫。从各地来的艺术家们会集在桥上，他们排成长长的两列，或演奏或绘画或即兴表演，与衣饰打扮迥异、在桥上穿梭的各色人群，组成了一幅极富波希米亚特色的"清明上河图"。各式各样的艺术摊贩，也是让游客不时驻足的原因。为游客即兴画像者中不乏大学美术教授。没有顾客光临时，他们有的坐在折叠椅上埋头看书，有的则在画板上写生，伏尔塔瓦河畔的风光以及从桥上经过的人群，自是他们取之不尽的素材。还有演奏波希米亚民族乐曲的五人组小型乐队。他们充满激情的表演，让一支支欢快的音乐，夹杂着流泉、鸣禽以及劳作之声，在长桥上流淌，之后溶入滔滔河水。

600 多年过去了，布拉格依然是艺术家们的眷顾之地。

当然，对于行人来说，桥两旁的 35 尊雕像，也是不可错过的风景。这些雕像的排列并不整齐，大多是单体，也有数人一组的群雕。雕像人物的选择，都是宗教人物，也显得有些随性。除了圣母、耶稣外，还有犹大，并无统一的标准，甚至彼此对立的一方，都出现在桥面上。比如，从旧城方向数过来，右边第 8 个是约翰·内波穆克像。内波穆克于 1387 年成为布拉格教区的总主教，他坚持教会独立，反对神圣罗马帝国将神职人员作为政治附庸，因而被国王瓦茨拉夫四世烧死，并被丢入河中。1729年，内波穆克被耶稣会封为圣徒。1683年，人们将他的雕像立于桥上，而不顾及在他旁边的就是瓦茨拉夫国王。至于圣法兰西斯像的周围还环绕着三名摩尔人和两名东方人，这也是捷克唯一的东方人雕像。雕像的创作充满灵感，且激情四射，让每一个从桥上经过的游人都受到深深的感染。300多年来，它们矗立于桥上，沐雨栉风，与查理大桥，与伏尔塔瓦河，已经融为一体，再不可分。

走过查理大桥，在老城区的桥塔下，蓦然回首。隔着伏尔塔瓦河，眼前是一幅绝美的画面。最上层，是大片高蓝的天空，白云铺成絮状。画幅中央，则是布拉格城堡高耸的尖塔，直薄云天。而城堡下排列着一层层、一面面红色的屋顶，延展在晴日下、绿荫中，色彩明丽，宛若天工。画幅的下端，便是伏尔塔瓦河的河水。这时，一艘白色游船驶来，静静地驶进画面，伏尔塔瓦河水随之生动起来。仿佛是一位丹青巨匠的神来之笔，这是布拉格的春天，春天的布拉格。

巴拉顿湖随想

巴拉顿湖，一滴蓝色的眼泪，掉落在欧洲的胸脯。

巴拉顿湖，一勺醇醪的美酒，长留在游人的舌尖。

未到匈牙利之前，巴拉顿湖于我只是一个遥远的且有些神秘的地名。这个中欧最大的湖泊，像一片落叶，静静地躺在世界地图上阿尔卑斯山东麓的群峰之间。阅读地图时，我的目光多少次从这里掠过，尽管地图上的那一汪蓝色，也曾撩动我的心扉，但只是一种隔空对视，印象淡而模糊。

而今，我已经来到欧洲的腹地。在游历过捷克、斯洛伐克后前往匈牙利。我乘坐的旅游大巴在阿尔卑斯山东麓的层峦叠嶂中左右盘旋，穿越一条条山间道路，历经 4 个小时，终于来到巴拉顿湖畔。凝视着面前这泱泱无边的淡蓝色湖水，我的心沉醉了。我以为，无论用怎样的语言来形容湖水的美丽可人都不过分。

说是淡蓝，似乎还不准确，湖水的颜色有如绿蓝黄三色的糅合，泛着宝石般的光泽，而波涌又如绸缎般柔软，看着让人赏心悦目。

因为我们还要赶往布达佩斯，在这里便只有 15 分钟的逗留时间。湖边有供人休息的长凳。一屁股坐下，就不想走了。只是看着湖水发呆。一路上急切而兴奋，就像猎人追逐着猎物，在林间奔跑，而现在，猎物就在眼前……

这里是巴拉顿湖边诸多公园中的一个。宽阔的公园里只有一棵棵参天大树，在默默地彼此对视着。看不到多少游人，周遭十分安静。春日的阳光慵懒地照在身上，没有风，湖波有节奏地轻轻地涌动，像是催眠师的手，于是天地万物全都沉入幽深的梦境。

偌大的湖面上就只泊着四五艘白色的游艇，竖着高高的桅杆，随着湖波轻轻地晃动。它们的主人是谁？是一脸沧桑的老者，还是英俊健朗的小伙子？游艇上曾有过多少快乐抑或沮丧的故事？而现在，游艇上空无一人。这时，有两只黑天鹅游来，扑扇着翅膀，激起片片水花。它们昂着长长的脖颈，好像在向游人示意什么。

黑天鹅是巴拉顿湖的天然主人，这一大片湖面，都是它们的嬉游栖息之所。而游人便只是客人，更遑论我们这些来自万里之外的外国游客，来去匆匆，只是留一点印象，留一份感觉。而印象，只是瞬间；感觉，有时也会错位。

巴拉顿湖，淡蓝色的巴拉顿湖，如同一只硕大的摇篮，被看不见的手缓缓摇动着，在欧洲中央，在时间轴里，在历史的黄页之间。

不说破，很多人并不知道，70 多年前的冬天，就在这静谧的巴拉顿湖畔，曾经发生过一场惨烈的战事。苏军乌克兰第三方面军为抗击德军的反攻，在这里筑起防御阵地。德军集结了南方集团军群的 43 万人，双方展开了一场殊死搏杀。这也是苏军在卫国战争中进行的最后一次大规模的防御战役。战争的结局是，德军在苏德战场南翼的攻势被彻底遏制。在短短的半个月的战斗中，数万年轻的生命，像纸片一样，被无情的炮火撕碎，他们的身躯，就躺在湖畔的草丛中。

我的心中响起歌曲《飘落》的忧伤旋律，是电影《这里的黎明静悄悄》的主题曲："你静静地飘落，铺满金黄色的山坡，你轻轻地歌唱，流进弯弯的小河。风儿把你送入空中，你仍在飘落。你甜美的春梦，随着秋叶一起飘落。你年轻的面庞，伏在泥土中诉说，如果春天再次来临，你还要唱歌。飘落，飘落，远去了你的欢乐，飘落，飘落，你从来没有被埋没。"

这首深沉的歌曲，是唱给两次大战中死去的苏军战士的。"二战"中苏军共有 600 多万士兵阵亡，其中大多数是年轻人。这些年轻的生命，连同他们甜美的春梦，如同秋风中的树叶，被无情地吹落，而后深埋在泥土中。

当然，躺在草丛中的还有德国的小伙子们，他们从巴伐利亚高原来，从莱茵河畔来，脸上洋溢着青春的朝气。在他们面前，美好的人生刚刚展开，而残酷的战争机器，就将他们年轻的身体和梦想一下碾得粉碎。

谁也无法将眼前这般柔洁的湖水和当年血腥的杀戮联系在一起，但这一切还是发生了。

离开巴拉顿湖时，脚步竟有些沉重。

黄文山，1949 年生，福建南平人。历任《福建文艺》编辑、编辑组长及编辑部主任、副主编，《福建文学》主编。中国作家协会会员。著有散文集《四月流水》《相知山水》《砚边四读》，主编《福建当代游记选》《武夷山散文选》等。曾获冰心散文奖和郭沫若散文随笔奖。

三叠井纪游

◎ 朱谷忠

一

这样的地方，只要去过一次，便总想着什么时候再去一次。

是没有看够吗？是的。这样的地方，光用眼睛是怎么也看不够的，只要人一进景区，就不知要先看什么为好，感觉到处都是青绿蓝紫的颜色，各色又调配融合得那么好，自己迈出的每一步，都像走在一轴彩画之中。

不是吗？初看那沿途，山青水碧的，但一走近，却瞧见崖壑幽深，林木葱郁，无一处不充满着浓郁的原始风貌。而耳畔，时不时传来的声音，是泉流淙淙的吟唱。一打听，这是纵贯景区的溪流，它有一个好听的名字：采兰溪。

这条溪，为昙石山古人类文化母亲河荆溪的上源。曾几何时，这里的人，汲水晓窗，青荇招摇；沿岸兰花簇生，团团香气中，每天，都闪动着采兰或浣纱的妙美女子……

当然，这样的情景，现在最适宜用诗去想象了。

教人惊异的是，景区内景点众多，类型各异，多彩多姿：山，

薄暮惊鸿

有临溪而立的清峻；水，有逶迤隐现的曼妙；石，有峭拔奇崛的俊秀；树，有藤蔓张扬的恣肆。概而言之，我认为：这里是集深潭飞瀑、怪石峻岩、奇树古藤、异草香花于一体的一个山水草木大观园；尤其是这里还拥有大量国家保护的各种珍稀动植物，具有很高的旅游观赏价值。

这里，可说是一个绝佳的旅游去处。

来到这样的地方，你说眼睛够用吗？不说上面那些，单说那可以随意亲近的古朴幽雅的奇树园、百藤湾，那像细筛滤过的沁人心肺的林间空气，吸一口，就无不令人心旷神怡，流连忘返。而精彩绝伦、如诗如画的数处飞流瀑布，以及神秘莫测的仙字潭、天书岩，惟妙惟肖的万寿龟、金蛤蟆等，更是让人沉醉在青山绿水之间，惊叹大自然的鬼斧神工、瑰奇美妙。

是的，在这里，光靠一双眼睛确是不够用的；或许，只有怀着敬畏之心，才能慢慢读出并体味这一切的原汁原味和底蕴，感觉这一方秀美的水土，是上苍的眷顾，是自然的馈赠，是天然的氧吧，是人间的仙景。

这个地方在福建闽侯，叫三叠井景区。

二

说来惭愧，我居住在福州城，算一算离三叠井景区不过一个多小时的车程，还记得曾经在一首诗里听见它的水声，却一直无缘光顾过。而这些年，倒是天边地角，能去的，不远千里都去"穷游"了一番。现在想来，这自身还真有一种叫作舍近求远的毛病。

知错就好。来了更好。现在，我脚底就踩着景区外围松软的叶片，朝三叠井进发了，因为，它是我这次探访的主要目标。

所谓"井"，在当地人的方言中指的是深潭；三叠井，指的是山上瀑布千万年冲泻形成的三层相叠的深潭。

这正是霜降秋深的上午，刚来到景区门前，我就听见四处啾啾的鸟叫。吸一口气，清爽中似夹着一丝甘甜。走几步，赫然看见山体前有个提示牌，上写着：此处空气负氧离子每立方厘米高达11.8万个，是静养健身的天然氧吧。于是放慢了脚步，在一片风帘翠幕中，穿过天书岩、雷劈岩。我知道它们都有故事，但我无暇顾及，因为在这山隐水动、氤氲自生的画中行，不可全览全顾，只宜用从容、悠闲、缓慢的步调行走，选两三处主要的景观去细细领略。随之，在密匝花草的迎迓下，完全不费力气似的，就折上了山路。不久，首先看到的就是三叠井的第一井：象鼻瀑布。

显然，这是因巨岩形似象鼻而得名的景点。沉黑如铁的巉石向天耸起，奔腾的溪水从高处泻下，喷珠溅玉，声震峡谷。深秋明丽的阳光照射潭底，飞散的湿雾中竟幻化出一道彩虹。陪同我前来的景区老吴向我介绍说：这里终年都保持着充沛的水量，瀑布美景四季常在。如果遇到下雨，景色更为壮观。他说，当飞腾的瀑布以雷霆万钧之势冲向深潭，轰隆的声浪响彻山谷，不绝于耳；站在观瀑栈桥上，立马感到有一股力量涤荡心胸，其快意，妙不可言。交谈中，方知他是一个热爱书法绘画的人。他的手机里，存有他的多幅有关景区的字画，笔墨饱满，很有张力。难怪他的介绍，多有动感，还带有某些艺术的见解。随后，他边指点、边交代一同前来的小詹陪我好好观赏一番，再向第二井仙女潭进发，原来他要下山去迎候另一批客人去了。我稍稍停留了片刻，拍了几张照，便跃跃欲试地偕同小詹向一处名叫"天梯"的山路进发。小詹说，往仙女潭原先只有陡峭的险道，不适合游人攀登，现在劈出的"天梯"，以泥石铺成，辅以栏杆，虽然安全，但坡度很高，还是很考验一些人的胆量和力度的。我点点头，鼓足勇气说："只要能见到仙女，再高也上吧！"

　　"天梯"果然笔直、险峻，它有322个台阶，坡度少说也有五六十度，人行其上，感觉鼻子不小心就会碰到前边的阶梯。于是我手脚并用，一级级往上挪，心想，传说仙女潭是仙女洗浴之处，凡人哪得寻常见？这回大约是个缘分，我怎好错过呢？不过行走中我突然想起，闽侯这地方，出过一个现代才女作家庐隐，我从她的书中知道她去过短萼仪花满山遍野的福州鼓岭，但就是不知她是否来过三叠井并写过哪些文字。不过，印象最深的是她写到去鼓岭时，对抬山篼的篼夫脚力还有淳朴村民的指引，心怀敬意；对比之下感觉自己有些"自惭形秽"，原因是"虽然我们的外面是强似他们乡下人，但他们乡下人至少要比我们离大自然近些，他们心里要比我们干净得多"。这番话，让我对陪同我的导游、一个来景区打工的外地人小詹暗暗肃然起敬了一番。眼下，我们走的这条依崖的石路，时而盘折回环，

三叠井纪游

时而笔直向上。他在前，我在后，但他却不断回头，嘱我抓紧栏杆或小树干，走走停停，向我介绍山势、路向、树名、景点，见我攀登得有点吃力，便立住拉我一把，并让我休息一会儿。说实在的，尽管我一路手抓的多是绿叶纷披的栏杆，但在这种陡峭的石壁向上迈进，回望脚下都是笔直的沟壑，不免心惊出汗。只是想到小詹说过，有时他一天要几次陪客人在这样的小天路上来回，钦佩的同时，便又鼓起勇气继续向前。不过，教我一路停留的不只是小詹淳朴的身影、热情的话语，还有那路旁石隙中蹦出的小草，以及没有故弄姿态的野花。时而觅见身边的崖罅上，也不知是因山风吹过还是飞鸟嘴里落下的种子，竞相地成长为一丛丛的绿树，呈现着天然的野趣润泽和勃勃生机，这时，我觉得自己也增添了一股力量。

三

爬过天梯，走过一段弥漫桂花香气的小道，终于来到了第二井——仙女瀑布。

抹抹汗，抬头看，但见潭中乱石如垒，两旁陡绝险峻，夹一泉流自高处泻下。这泉水侧出喷射，但不激烈，徐徐溅下，汇进一方不大的水潭，倒映着奇崖秀壑，自然错落，莹金耀银。仔细看，这里的泉水，有些不同凡响，因为涧中、沟底、滩前，那水是一色的清莹凝润，闪亮灵动；但流到不同的地方，水色或呈碧绿，或呈黛蓝，在明暗不一的光线和山影树丛间，变幻着万千奇异的色泽。凡稍见平坦的地方，那水面是清澈如镜，倒映着坡谷、绿树、花枝，层次明晰，色彩斑斓。传说，这就是仙女洗浴的地方。水边，大都花草藓苔丛生，其景色秀美，令人眼花缭乱。

我是不肯安分的人，于是临近飞泉落处，用手捧一把水珠，轻轻一合，那指缝流泻的，竟是几滴银白色的珍珠。回想仙女在如此夺人心魄的潭中嬉闹，其幸福指数，肯定"爆棚"。而今游人到此，胸际所涌起的，自然也是一种难以名状的惊喜和温馨甘美。

不过，令我没有想到的是，此去不远，有个景点叫"状元帽"，原来是一垒岩石堆砌成状元帽子的形状。再去不远，还有一段几近湮没的官道，那是当年学子进京赶考的必经之路。据说，赶考期间，福州和莆仙一带，至少有近万人通过此道。又据说，学子在客栈住下，都要去"状元帽"前跪祈，回去再喝当地的青红酒，而禁喝黄酒。这是因为喝红酒预示"考红"，喝黄酒则必定"考黄"。可怜莘莘学子，到此都无暇去"仙女潭"看一眼，只怕前去看了仙女分了心，从此误了一生功名。

闲话休述，离开"仙女潭"继续向前，沿着蜿蜒的山势，我们穿过桂花苑、含笑坡、野蕉林等一些极富诗意的景点，有时可行大步，有时则只能蹑足而行。游目四顾，不时可瞥见一两只小动物从草丛中窜过，原来是叩击的足音惊动了它们。这一带，愈走愈觉深邃，四周幽静得只能听见泉水的扑簌声。又行一段，忽有近午阳光从身边的树叶隙缝中筛下，参差破碎，加之耳畔隐隐传来一阵又一阵的瀑布清音，顿觉山麓充满了大自然盎然的生机。

这时小詹说，三井中最高的一井"清音瀑"就在前边了。他说，这个瀑布，游人难以企及。原来瀑布四周高崖耸立，天低云近，水从其间泻下，抛出成串珍珠般的水滴，恍若天女散花。但此瀑因地势过于险峻，尚未开发。游人至此，只能在高处俯身向下探视一番，想象那悬浮于尘世之上的奇瑰白练，是怎样地让人向往，终又游兴难尽，心生憾意。

既如此，我只得向前数步，手抓树干，循声向下看去。但见眼中尽是杂树生烟，青藤密布，除此，便什么也看不见了。小詹护着我点头笑笑，似乎有些歉意。殊不知，曾经号称"诗人"的我，竟开始肆意地在心中想象那飞流是如何迸溅而下的，还想象底下的深潭如何承接着不尽落下的翻腾的水柱浪花，四周有烟雾似飘似浮……只是，那一番"纵使晴明无雨色，入云深处亦沾衣"的玄妙的景致，今日只能光听其声、不见其状了。也罢，留一点遗憾，多一点想象，也是大自然的一种安排，岂可厚非？转身，倒是发觉右边一块横卧的岩石，有一线泉流汩出，于是沿着岩嶂小心下行，转身掬起数滴，只觉得手心清凉透骨，好是舒坦。再看四周，山影凌厉，树木浓密，光斑浮动，氤氲聚散，一切都充满了一种奇幻的色调。

再向前数十步，一座小山崖横空而生，几乎挡住去路。这时，人只能躬身蹑足，擦岩而过。在这山峦簇拥的地方，我又闻到了一股似无还有、欲寻难觅的清香。一问，原来是一片竹柏树

薄暮惊鸿

散发出的香气。这种树，树干为柏叶似竹，故名竹柏，为珍稀树种。实际上，三叠井景区是一个天然的植物宝库，有230多种树木、竹子和蕨、藤类植物。放眼望去，深林幽谷，道旁崖畔，藤绕古树，枝垂山涧，鸟雀翔集，忽隐忽现，花开花落，暗香飘逸，山石含笑，风情万种……

三叠井，用徒险显示它的高蹈和神秘，又用翠润显示它的亲切与温和。在这里，草木和鸟雀相依偎，人也成了天地间静默的契合者，并与山间的万物同在，任由放飞心中的梦想，尽情享受心境的恬淡。

记得古人说："善读书者，无之而非书。山水亦书也，棋酒亦书也，花月亦书也。"此话于今日的我来看，分外亲切。我感觉，三叠井就是一部好书，随意翻开一页，眼睛都会被吸住，心会随着每一景致游走。因此我也确信，每个人来此赏读，都会顿觉身心一洗，阅之忘返。

惬意流连了许久，发现时间已不早了，只得恋恋回转。走了一程，忽见蹬道明亮了许多，原来是一抹灿烂的阳光泻下，如彩焕飞腾，采兰溪两岸花树枝丫，连同藤葛苔藓，顿时幻作金阙玉宇，灿然生辉，真是美不可言。

朱谷忠，福建莆田人。中国作家协会会员。著有《乡野情歌》《潮声》《五彩恋》《酒吧小姐》《红草莓的梦》《回答沉默的爱》《笑傲黄金》《朱谷忠散文选集》《花开的声音》《新闻内幕》等。

紫 光

◎ 小 山

　　推开房门，已经枯黄的矮草上结满砂糖一样晶亮的白霜，灌木丛霜裹枝条，也在寒凉中低垂。

　　天已拂晓。但太阳还蹲伏在山岭另一面，南山沉沉如卧龙，呈现薄紫色。

　　多年没有看见父母亲了，远归的我对故土的一切风物都往心坎上贴。老杏树啊，你还认识我吗？小枣树啊，你是什么时候来到我娘家的？菜地里的七星瓢虫了无踪影，芸豆架上空落落地缠挂着残藤。

　　母亲已坐在灶前燃起松针的响火，噼啪出柴薪的香气。她开始煮早晨的稀粥，白米里特意放入几枚土鸡生的大黄蛋。母亲说我在城里吃的鸡蛋没有什么营养。父亲每天清晨都跟做功课似的练习书法，80岁的人了，像个孩子期待把楷书写得更好些。我要帮母亲做饭，母亲推开了我，认为我早已忘记怎样升灶火煮饭，怕我把稀粥弄得很难吃。我站在炕角夸了几句父亲用功，父亲不吭声专注地写着，仍然按惯例写完两幅才罢手。"关键是，不能间断。"收拾纸墨时，他说。

薄暮惊鸿

我亲爱的父母！夜里，他们并排睡在我身边，我的归来使他们的鼾声更均匀了。一觉醒来是后半夜，我坐起来打量他们，被子下面的父亲母亲，都身子蜷缩着，白发如草根，面容仿佛落叶，我的眼泪涌出来……在南方定居后，我做过两次类似的梦，梦境里——父母衣衫零乱地坐在寒水孤岛上，目光无助，与我隔着一片激流……岸上的我哭泣着醒来。其实我还有两个哥哥照顾父母，不必如此心惊肉跳地牵挂他们，是我自己内心脆弱，想念父母亲，想念北方，才生出这凄清的夜梦。然而，回来的第一顿饭，父亲吃鸡肉，眼见他牙齿不中用，咀嚼不清楚，我把鸡肉撕成一丝一缕放入他饭碗，看着他吃下去，真觉得父亲已经老得该像孩子一样被呵护服侍了，该受用更周到的衣食料理。父亲嘴巴里的牙齿稀落可数，下颌、脸颊都收缩了进去，这牙少的形态，岂不如同垂髫小儿的无助？一边为父亲"条分缕析"地撕着鸡腿肉，一边眼泪泛到眼眶。我憋住泪水，生怕父亲看我这样吓着吃不下饭了。

我想尽可能多陪陪父母亲几天。单位给我的假期不长，留给父母，至少我临行离别心会安些。父母亲因我回来忙乎了许多。母亲每天换一个花样弄吃的，专门做我少年时爱吃的东西，这种种"重温"着实让我一饱口福。而我更流连山上的景色，早年熟悉的那些草木模样、山间风声，一直隐藏在我的记忆库里，我很愿意再踩踩少年时的脚窝，再亲近一下我的这些食粮一样的草木——它们在我成年后给我多少精神养料啊。每天我到山坡上走走，有时攀到山巅，举目远方。少年时的我就这样不安分，不愿被高山峻岭遮挡住视线，总是对山岭外的世界心怀憧憬。那越远越渐次缥缈的深绿色、深蓝色、淡紫色、浅灰色的峰峦，仿佛是我必须推开的阿里巴巴的几重门，离开村庄、离开山坳成了我读书要强的最坚韧的内心动力。如今我才明白：我何尝走出了这些逶迤绵延的层峦叠嶂？几十年浪迹在外，无论定居哪个城市，这熟悉的草木摇曳、山间风声，哪一种不隐隐约约地暗自流动提醒？我亲爱的橡树！我亲爱的桔梗！我亲爱的榛树！父亲了解我的心思，所以，一当太阳照满院落，他就提示我："今天还上山不？"母亲腿脚已经不能上山了，父亲虽然80多岁了，还能够到山上捡一些小柴火。我知道，不管我到哪片山坡上去，父亲一定会同去。我不忍心让父亲爬高，便每每只到山腰就止住脚步。深秋的风一阵一阵瑟瑟掠过，有时我们爷俩不经意惊起一只雄雉，呼啦啦飞出草丛……父亲在眼前，我不想不吭声，让他发闷，就故意提问一点似乎我遗忘了的东西，比如蚕茧何时收获？松菇在什么样的松树林里？毛虫和蛇哪个季节特别多？或者某些草木的习性与兽虫的关系。在山乡生活已经30年的父亲对此了如指掌。下放生活给了他又一种知识积累，那是政府机关工作40年不能给他的乐趣。这时的山野格外肃静，由于快进入冬天了，山上没有什么山货吸引村民上山来，该收成的也都收回家了。而这无边的寂静，为我所喜爱。少年时，我也是常在大雪后爬到山上，感受那种空旷的独特凉意。漫无边际的洁白，在我眼里是种说不出所以然的丰富。此刻，枝头的枯叶被微风吹得像铃，小橡树那么完美地完成了季节的轮回，安宁而充实地准备越冬。一起下山时，我怕父亲脚底打滑，本能地去搀扶父亲，可父亲身子一闪，固执地自己找落脚的地方——哦，看吧，我家的传统，父母与我们这些子女一向羞于肌肤相碰。

夜晚，和父母看完电视后，我们还要再攀谈一会儿琐事。没有什么必须要说的，只是他们记挂我在南方的一切，吃喝拉撒工作孩子都问一问。母亲两耳听不清说话了，仅一只耳朵勉强能分辨出话语的意思。夜静不能太大声说话，怕惊扰邻居，我就用铅笔写在白纸上递给她看。明白了，她频频点头，或者把眼睛忽然转向我父亲——那意思是希望知道得更详细些。父亲耳聪目明，便把我的话复述给她。有趣的是，母亲能看得懂我父亲的口型表达什么，却看不懂我的。我的性情遗传父亲更多，心有灵犀吧，我往往三两句话，父亲就意会了，"发挥"我的意思说给我母亲，基本是我想说的全部，母亲很满意听到的结果。山里那种夜深的宁静，把我们的交谈奇妙地变暖。我要到院子里上厕所，照例是父亲陪着我。我自小怕黑，从不敢单独夜里到外边，总是哥哥们或者父亲替我"站岗"，待我完事让我走在头里，他们负责关上门。山村的夜空，把星座的图像显示得清清楚楚，仿佛这里距离天庭更近。现在我略知一些星座知识，会寻找昴星团、天鹅座之类，而它们在我的家乡竟然如此清楚地呈现着。回到屋里，还要再说一会儿话，父母亲两个童子一样的好奇劲儿，与我问答起来，大概是这个村子后半夜唯一的话语声了……直到怕我累，母亲很大声地（耳聋使然）说一声："咱们睡觉吧！"立即起身张罗铺被子——父亲也旋即起身，去关好院外大门，然后是厨房门、屋里睡房门，一一拉上门闩。我们一起躺下。我挨着母亲——小时候就是这样，父亲睡在炕首，母亲第二，然后是我，哥哥们。

我不会很快入睡。玻璃窗不遮挡窗帘，虽然外面深寂漆黑，但我心里的回忆却忽明忽暗，以至于最后一片片往事灿亮起来——

就是这个小小的村落，就是这重重山岭的包围，就是这里的庄稼与野菜蔬果，把一个未满6岁的小姑娘喂养长大！她，是从一个边境城市被军用大卡车带来的，而那个城市在她瘦小的身后渐渐模糊……1969，中国大地动乱及至高潮的年份，成为她生命的第一个转折点。从此，一切城市的记忆退隐，命运也随之发生质变，在她面前日渐清晰丰盈起来的，是新家门前的山岭与河流，是白杨树、苹果树，是玉米与谷穗、蚂蚱与喜鹊，是布谷鸟与桔梗花……就连房檐的冰凌、沙土路上的坚冰，都在温暖着这个命运寒凉的小姑娘。是这里的群山给了我另一种健康啊，并且使我身体里积存下岩浆一样的生命热量。

夜深沉，可这里的夜晚既美丽又安静，美得如同猛兽的眼睛，安静得又像蔬菜的种子。

我睡不着了……

我悄悄地坐起来，不开灯，辨认着父母亲的面容。他们还是蜷缩着入睡。为什么？每一位老年人都是这样孩子似的睡姿吗？他们的样子，让我的心隐隐作痛！

一个女友对我说过，自己中年了，却猛然觉得年迈的父母亲成了孩子。她又说："他们是我们的宝贝啊，只要他们活着，就相当于有'宝'在身边。"她父亲前些时过世了，她难过了很久，而且老是回忆自己对父亲曾经忽略的地方。歌里说："有妈的孩子像块宝……"看来，反过来亦然。确实如此啊，父母也是我们的宝。

在父母身边安睡本应是香甜的，可我却多次忽然醒来，把他们的被子拉拉，掖严实，然后，盯着他们的睡态看，真是百种滋味顿时萦绕在心……我甚至有一种冲动，想抱起他们，就如同幼小时候他们抱我一样。

我渴望他们的梦境是甜的，像糖一样。

山里的深夜，毛茸茸的，把整个村庄包裹起来——颇像收紧的大翅膀。

小山，1964 年生，原名贾秀莉。1987 年毕业于辽宁大学历史系。现供职于《福建文学》杂志社。中国作家协会会员。著有诗集《逆光的孤儿》《那拉提诗篇》等。曾获辽宁省儿童文学奖、冰心儿童文学奖、福建省优秀文学作品奖。

紫
光

说不尽的茶事喝不完的茶

◎ 石华鹏

岩茶之骨

武夷山旅行，与您见面次数最多的一个字，一定是"茶"。岩茶、茶厂、茶馆、茶楼、茶山、茶园、茶香、茶叶店、喝茶、制茶、斗茶、茶村、茶饼、茶点、茶旅、茶农、茶经，等等，所经之途，所到之处，各种标牌、指示仿佛要穷尽与茶相关的词汇。

当然，这没什么值得大惊小怪的，因为这里是茶的世界、茶的天堂。山上山下，满眼茶园，一垄垄一畦畦，翠屏层叠，美不胜收；村边镇头，随处可见制茶工厂，大小不一，规模不等，小到一处民居，大到成片厂房，厂子不分大小，茶香总是浓郁；闹市街尾，茶楼茶馆林立，三五茶客围坐，喝茶说茶买茶，热闹中藏着静雅，专注中透着斯文。

武夷岩茶是让人迷恋的。剪开一小泡倒入茶碗，焙黑的茶卧于瓷白的碗中，盖上盖，握在掌中轻摇一摇，沉睡的茶醒来，冲入滚烫的山泉，片刻之后将茶倒入茶杯，汤色醇厚金黄，水汽氤氲之中，浓郁的花香弥漫开来，热热的一口入喉，此刻，武夷岩茶独有的、神秘莫测又让人沉醉的"岩骨花香"便进入我们的感官世界，让人回味，再回味。"花香"好理解，"岩骨"之说颇为奇妙，大抵是说生长于山中岩砾之间的武夷岩茶，天长日久吸取各类矿物质后，在茶汤中呈现出的一种有力量富有冲击感的醇厚味道，这味道如苏东坡所言"骨清肉腻和且正"。所以武夷岩茶，岩韵贯穿始终，花香千变万化，有兰花香、桂花香、蜜桃香……武夷岩茶品种繁多，号称一岩一茶，著名的有大红袍、白鸡冠、铁罗汉、水金龟、肉桂、水仙……正因为武夷岩茶的丰富、变化以及独一地域特有而难以言说的"韵"，让武夷岩茶如法国葡萄酒那般，有了一份追之不尽、求之偶得的"美"。

这不是山水绝美的武夷山，不是闽越古国的武夷山，也不是朱熹、柳永的武夷山，我所说的，是茶的武夷山，是大红袍的武夷山，是金骏眉的武夷山。武夷山成就了茶，茶也塑造了武夷山。不曾喝茶，因了美景而首次来武夷山的人，回去也成了茶客；成了茶客的人，因眷念武夷山的茶，而一次次来武夷山。

天下岩茶数武夷，武夷岩茶数星村。

这不是一句广告语，也不是大话，是实情。有三句话可以为之做证。

第一句话是"武夷岩茶第一镇"。

九曲尽头是星村。星村是武夷山市的一个古镇，地处武夷山世界自然与文化"双遗地"核心区域。您来武夷山，坐竹筏漂流九曲溪是不可少的精华项目，竹筏码头所在的地方就是星村镇，九曲溪源头即此。朱熹有诗云："九曲将穷眼豁然，桑麻雨露见平川。"说星村这地方桑麻蔽野、良田美池，是好地方。离竹筏码头不远的星村公园里，有一块花岗岩大石，上面刻有福建茶叶泰斗张天福先生题写的"武夷岩茶第一镇"几个遒劲有力的大字。

星村镇能被张老誉为"武夷岩茶第一镇"，谈何容易？我想缘由大致出于星村的"三多"：一是茶山面积多。当下星村，全镇现有茶山面积近6万亩，占武夷山全市近一半，是武夷山市茶叶面积最大的乡镇。二是茶企多。产业发达，大小茶厂1100多家，从事茶产业的人员上万人，年产武夷岩茶6万担，产值6亿元。三是茶叶品种多，品质高。据初步统计，星村镇目前有400多个岩茶品种。星村是典型的丹霞地貌，不受污染的九曲溪水形成独特的小环境气候，造就了星村茶叶的优异品质。看来，"岩茶第一镇"并非虚名。

第二句话是"茶不到星村不香"。

我们下榻的酒店位于九曲溪畔的星村黄花岭，酒店旁边有一座供奉海神妈祖的宫庙——天上宫，意为妈祖的天上行宫。天上宫是仿宫殿建筑，像一艘巨大的行船，正面是恢宏精致的砖砌牌楼式门面。天上宫实为"闽南、汀州会馆"，是明清时期，漳、泉、厦等沿海一带商人及闽西汀州客家人，为方便在星村进行茶叶贸易而兴建的活动场所，同时供奉妈祖，祈求妈祖保佑茶叶行船顺利。当年，像天上宫这样的茶叶会馆遍布星村，有的规模是天上宫的十多倍，如今只剩下这座古老的天上宫见证着当年星村茶叶交易的繁盛。

早在宋朝，星村茶业就已兴盛。至明清，星村茶市独领全国风骚，所出专茶达全国专茶的四分之一。尤其是星村创出的小种红茶和乌龙茶，备受青睐。每逢茶季开始，全国的茶商便云集星村，星村成为武夷岩茶的集散地。一条从星村、武夷赤石过风水关，经江西至蒙古边境，辗转到恰克图城的茶叶国际茶路由此形成，史称"茶叶之路"。不仅如此，当时武夷岩茶的"摊、摇，先炒后焙"的制作工艺也是最先进的，"武夷焙法实甲天下"，很多周边地区的茶叶商人将茶叶运到星村再精加工，茶叶品质提升卖出更高价钱，所以一句话在商人和茶农间广泛流传开来："药不到樟树不灵，茶不到星村不香。"

我在星村镇文化馆见过一张拍摄于1880年的星村九曲溪茶叶交易场景的照片：黑压压的人群聚集于九曲溪边，有人站有人坐有人弓着身子，装满茶叶的袋子立在旁边，交易场面热闹非凡；茶市之上的公路边是一排黑瓦房，更远处是武夷连绵的山脉。这张照片在九曲溪对岸拍摄，当我们今天来到拍摄点时，可以看到，当年的茶市没了，变成了九曲溪竹筏码头，而远处的山峦还是和当年的模样一样没有变化，峰还是那座峰，坡也还是那个坡。时间会改变许多，也会保留许多。

第三句话是"争先买宠各出意，今年斗品充官茶"。

去年此时节，受武夷山小说家胡增官邀约，我到星村观摩连续举办了9届的星村茶王赛。我不懂茶，除了蹭茶喝外，主要来看热闹。增官懂茶，浸润武夷山 30 年，成为武夷岩茶的"铁杆"广告者——正写一部以武夷岩茶为题材的长篇小说。茶王赛地址设在离星村古茶市不远的一处广场上，我们抵达时，现场彩旗飘扬，人声鼎沸，过节一般热闹。上百张茶桌摆成流水茶席，找空位落座，赛事开始。白瓷盖碗一字排开，匿名标号的茶样送来，每样茶分几轮冲泡，不同人从汤色、香气、滋味、叶底等几方面评判，填在一张评审表上。大红袍、肉桂、红茶……茶样不停送来，我肚子都喝圆滚了，增官笑话我傻，说评茶不是品茶，每样喝一点就行。我们是大众评审员，评审没那么规范，但增官还是煞有介事地填写评审单。真正的茶王要等专家们评审出来，我们还有其他行程，便先行离开了，没有等到那届茶王诞生。

今年的星村茶王赛前夕我又来了，但我再也无法见到增官，他几个月前因病离世了。我很伤感，每次到武夷山见到的第一张笑脸只能在记忆中了，武夷山的茶依然韵香，增官的那部茶小说终究没能完成。

今天盛行的茶王赛源于古代的斗茶，又叫茗战、点茶或点试，是古代审评茶叶品质优次的一种茶事活动。斗茶最早兴起于唐朝，盛行于宋代贡茶之乡的建州北苑龙焙和武夷山茶区。宋代茶人、著名文学家范仲淹《与章岷从事斗茶歌》生动地描述了当时武夷茶区的斗茶场面："北苑将期献天子，林下雄豪先斗美"；"武夷溪边粟粒芽，前丁后蔡相笼加。争先买宠各出意，今年斗品充官茶。"宋代斗茶是在贡茶中评选"上品龙茶"，能夺取斗品桂冠是无上荣耀。"武夷御茶园"在元代创立，武夷石乳茶便是通过"斗茶"成为龙凤茶贡品。清末民初，斗茶逐渐发展为各类名茶的茶王赛，形式多样，规模大小不一。

武夷星村茶王赛从 1999 年开始举办，已成功举办 9 届，成为武夷山的一大茶事。今天的茶王赛当然不是"今年斗品充官茶"，而是一场制作好茶、推介好茶的茶叶嘉年华了。

深秋的武夷山让我留恋、沉醉，大地静谧，天空澄明，万物集聚能量开始等待，等待来年新生。此刻虽不是武夷山采茶制茶的火热时节，但坐在一处安静的茶室，喝一杯茶，看窗外蜿蜒盘旋的茶园，您会有新的发现：清晨的茶叶被白雾笼罩，它们是雪白色的；中午阳光灿烂，它们闪亮着银光，如一万把刀子在晃；到了傍晚，满山尽带黄金甲……我不禁怀疑，茶树上的叶子，它们是翠绿欲滴的吗？

红茶之色

有时想，生活在福建是有滋味的，滋味之一是福建茶多，可尽茶性。好山好水之地有好茶，福建何处又无好山水呢？种茶，做茶，喝茶，卖茶，说茶，成为福建人的一种日子，有草木的亲切和安静在里头。安溪铁观音、武夷岩茶、正山小种、坦洋工夫、福鼎白茶、霍童金观音、漳平水仙、平和白芽奇兰、武平绿茶、永春佛手、福州花茶……掰起指头，一口气念出来，如相声的贯口，抑扬顿挫，掷地有声，这里边，涵盖了茶叶红、白、绿、青、黄、黑的大多数种类，仅从这些茶名来说，色香味就俱全了。

八闽大地，一地有一地之茶，对人是一种吸引，脚步会不自觉地往那里去。初夏时节去了趟政和，很快，被政和红茶征服，此后我的茶词典里多了个词条——政和红茶。在茶面前，我像个多情的花花公子，只要好，均想拥入怀中，慢慢品味，慢慢感受。一般来说，一人独饮叫"喝"或者"啜"，口渴了要喝，喝了又喝，以解决生理需要为主；多人共饮叫"品"，三人围坐，品茶论茶，以茶为媒交流情感，所以"喝""啜"是一个口，"品"是三个口。如今茶事发达，茶楼遍地，人们因茶坐到一起，又喝又品，谈茶说事，不知哪一天喝茶从日子里跑了出来，俨然一桩重要"事业"了。

政和县城不大，楼不高，沿溪而走，溪水弯到哪儿，城市弯到哪儿，终究没有走出山，被绿绿的山包围。登高远眺，阳光里的县城如遗落人间的一弯月亮，静静地亮在山里，弯在水边。车进政和，茶就不断与人打照面，怕你忽略它。山腰有茶园，路边有茶厂，街角桌上的茶杯碗空着静候主人，穿旧式斜襟布衣的小脚老太婆满脸皱纹，和旁边那位俊俏的黑女子——她的媳妇吧？——把一袋袋刚采下山、滴着绿的茶叶称给茶商。硕大的茶广告牌，从城边立到城里，有好多，像迎客的招幡，很招摇，是热情的架势。

这都不算什么，后来我才知道，政和茶最大的广告明星，是宋朝那位叫赵佶的皇帝。一天，皇帝赵佶喝着产自闽越关隶县的贡茶。好茶喝得龙颜大悦，赵皇帝心血来潮，对朝臣说，将朕的年号"政和"赐予关隶，改关隶县为政和县。在中国，因茶赐改县名的，只有政和了。政和因茶而生。如果要给政和茶找一位形象代言人，我建议别去找今天的那些演艺明星，就用皇帝赵佶，谁的腕儿也没他大，而且还可省去一大笔代言费，何况赵佶品性高蹈，善诗书画，更重要的是他懂茶、爱茶，他撰写过一本茶叶专著《大观茶论》，怎么品，怎么制，说得头头是道，真正的茶叶专家。

当然，这次引领我们走进政和茶世界的不是皇帝茶专家赵佶，而是另一位年轻的专家杨扬女士。她和那位皇帝一样，善弄文墨，主编过政和历史上第一本谈论政和茶的书《茶话政和》。她生长于斯，爱政和，爱政和的茶，懂政和的茶。她把自己亲手做的红茶拿来与我们分享，我们的交往虽然短暂，但十句话八句离不了茶，有时候她从我眼前晃过，像有幻觉出来，我真怀疑她是政和茶园里飘出的一片茶叶。

晚上到茂旺茶庄喝茶。茶庄动了脑筋的，十几间茶室，每间布置几件制茶器物，一间一个主题，十几间看下来，政和红茶的制作工艺流程便出来了。采茶的竹篓，萎凋用的簸箕、竹帘席，揉捻用的木桶、竹焙篓，这些器物是从老茶厂或农家收上来的旧物，大多几十年了，老时光与新茶香交织在一起，让人感慨。

更让人感慨的，当然是那一杯杯漂亮的红茶了。我喜欢看红茶冲泡出来的颜色，那是世间美得无法描述的颜色，颜料盒

说不尽的茶事喝不完的茶

里找不到，调色板里调不出，它只来自红茶，红为主调，然后千变万化，每一杯一个红，不可复制，也不会重现。在遂应茶厂，做了一辈子茶、今年70多岁的林应忠老茶师对我们说，他80岁时还要做一款茶，名叫"中华红"。红茶，在一天当中来说，是下午茶或者晚茶，在人的一生中来说，已是中老年茶了，它味甘性温，醇厚质朴，是时间堆积出来的缓慢，是走过千山万水后的从容。

在茶庄，茂旺茶叶老板杨茂旺向我们推荐了他的"等个人"。用"等个人"做茶名，有后现代意味，但在茂旺那里"等个人"是有佛意的。政和有个宝福寺，宝福寺里有个弥勒叫等个人。弥勒有次在雨中站着，站了很久，干什么呢？在等一个人。究竟在等谁？您去想吧。刚好，茂旺用心研制了一款上等红茶，就用"等个人"做了它的名儿。当您喝到它的时候，也去想吧，您等的那个人，只有您知道。"等个人"斟在杯里了，红里透黄，呷一口，味醇甘厚，唇齿浮香，诱惑您端起下一杯。

我问杨老板，什么样儿的茶是好茶？茂旺说，喜欢的就是好的。他的回答轻描淡写，或许这个问题对一个茶人来说实在太泛，只有我这样的茶外行才如此问。不过，我在《茶话政和》里读到了另外的答案。耄耋老茶人老赵去茂旺茶叶指导制茶、品茶，他喝了一款茶，忙说："嗯哪，这个茶有东西。"有什么东西呢？有口感，有内涵，有……这就是老茶人认为的好茶了。老赵说，茶这个东西古灵精怪，变数多，常有偶然性。那么，我们喝到的每一款政和红茶，也就是在与古灵精怪打交道了，难怪它留给我们如此多的遐想，如此多的话语，如此多的慨叹了。

离开政和这个因茶而生的地方，那些茶，那些因茶而生的人、事，还有那些美丽的红茶名字：金丝猴、醉红岩、香轩丹露、盛世金毫、东方正红、丹鼎、皇氏佳人、黄金龙、金仙岩、红土神龙、遂应小种、红顶山人、满江红、明前红、仙醉红、红酥手等等，留在了记忆里，它们像一朵朵灿烂的花，开在政和的山里，像一个个灵秀的女子，等在那里，等我，也等您。

茶本俗物，它解生理之渴，但千百年的流转，它已化入我们的文明之中，来解我们的精神之渴。我们有幸，借着茶——这一日日相见的俗物的梯子，往上爬，往上爬，爬到人生的慨叹里去，爬到人生的醒悟里去。

石华鹏，1975 年生，湖北天门人。毕业于华中师范大学中文系。《福建文学》副主编。中国作家协会会员。著有随笔集《鼓山寻秋》《每个人都是一个时代》，评论集《新世纪中国散文佳作选评》《故事背后的秘密》《文学的魅力》等。

桂花香自梦里来

◎ 陈泳红

昨夜，我又梦到在枫树湾那棵百年老桂花树下，我们张网摘桂花的情景……梦里醒来，恍然又是一年。

今年暑假，女儿跟同学一起去了趟扬州，一路晒扬州美食，还带回了一罐桂花糖和一包干桂花。她喜欢吃甜食，因此对扬州的糯米桂花藕和桂花汤圆赞不绝口，回家便要我也做桂花汤圆给她吃。

女儿哪里知道，对于桂花，我有着怎样的情怀。

人常常是在走过很长一段路程后才会回想记忆里的美好。对于桂花和桂花树，我的记忆一直是美好且浪漫的。在我从海军舟山基地调回福建基地后的数年，乃至今时，枫树湾女兵楼前的那棵百年桂花树还不时地走进我的梦里：在那棵百年桂花树下，男兵们手提弯钩架梯爬树，女兵们欢颜嬉笑张网翘望，等待桂花撒落入网的缤纷时刻……

这棵种植于舟山维护连女兵楼窗前的百年桂花树，在当地可是无人不晓的。每到桂花盛开的时节，树上便会开满桂花，其硕大树冠所承载的桂花满枝，足以让芳香飘到枫树湾的山脚下，香气四溢得让来自四海八方的兵哥哥、兵妹妹们陶醉心动，让枫树湾的兵营青春躁动，年轻的心常常情不自禁地偷偷传递着爱慕之情。

去年舟山的老战友聚会，大家都喊我一起去，但由于种种原因未能成行。从战友群里，可以看到大家分享的照片，有欢乐、有感慨，更多的是对军旅生涯的怀念。我们曾经当过兵的枫树湾如今被舟山政府开发成了旅游景点，在两天的时间里，老战士们参观了朱家尖大桥、海山公园等地。在枫树湾的部队营房里，1985 年、1986 年的老兵班长和姐妹们还抱着那棵百年老桂花树泪如雨下……看到照片的那一刻，我也不由得湿了眼眶。

在我国习惯上将桂花分成四个品类：金桂、银桂、丹桂和四季桂。浙江杭州、江苏苏州、广西桂林、四川广元、河南南阳都用桂花做市花。由此可见桂花树在全国南北种植之广泛。枫树湾的这棵老桂花树不知是什么品种，它的花摘下后是橙黄色的，上网百度了一下，说金桂香浓花多，估计应该是金桂品种吧。

摘下的桂花总是要做点什么，男兵们通常用桂花做成桂花酒，而女兵们则做成桂花糖。我当时就跟着老兵学着做了两罐桂花糖寄回福州，其制作工艺很是简单：把摘下的桂花洗净晒一会儿，用一点点盐搓揉一下，去水，这样可以把桂花的味道提起来，又可以去涩；然后一层厚糖一层桂花地铺，铺一层压紧继续铺，如此反复直至装满玻璃瓶并密封，一周后即可食用。

让我意外的是，我无心学做的桂花糖很是让老妈欢喜，寄回家的桂花糖让她如获至宝！福州人的习惯，逢年过节最后一道菜是甜汤，于是，桂花糖便派上了大用处。那段时间老妈写信来，回回都说她又用桂花糖做了桂花汤圆、桂花冰糖银耳羹、莲子桂花汤等，幸福之情溢于言表。

八月桂花遍地开，桂花开放幸福来。今年的中秋又临近。在中国，桂花树常与中秋明月的民间文化联系在一起。许多诗人吟诗填词来描绘它，甚至把它加以神化，创作了嫦娥奔月、吴刚伐桂等月宫系列神话，甚至月中的宫殿、宫中的仙境，也成为今时许多影视作品的幻境美景。正是桂花把它们联系在一起，使得桂树竟成了"仙树"。

时隔经年，我常常想，如若枫树湾在当年不是部队的驻扎地，当地的百姓或许会在桂花老树下烧香拜拜吧？桂花象征着崇高、吉祥、美好与忠贞，在我国古代就以桂花的枝条寓意仕途平顺、拔萃翰林，凡仕途得志、飞黄腾达者谓之"折桂"，民间对桂树的信仰可见一斑。

前几年，我家前面的乌山荣域小区楼下沿着马路围栏种植了一排的桂花树，印象中是从 2017 年开始，每到金秋时节，行走在家与单位的这短短几分钟路程里，我的鼻腔都能被沿途的桂花香气填满，使得上班路上的心情很是舒畅。于是，在桂花香伴的这一段时间里，那熟悉又好闻的香气便会时常来到我的梦乡，梦里浮现的依然是在枫树湾那棵百年老桂花树下，我们张网摘桂花的情形……

完稿于 2019 年 9 月 9 日

薄暮惊鸿

陈泳红，女，汉族，1969年1月生，中共党员，高级编辑，中国通俗文艺研究会会员、福建省作协会员、福建省通俗文艺研究会常务理事，福州晚报副刊部编辑。出版有散文集《又见飘雪》。散文《妈妈心中的毛主席》荣获华东地市报副刊好作品评比三等奖；编辑的《闽江的孩子》获全国城市报纸连载作品一等奖；2004年论文《浅谈法制新闻的服务性》在第三届中国地市报论文评比中获优等奖；2007年散文《午夜梦回锦里》获第十三届福建新闻奖副刊作品评比三等奖。

福州，宋代的春天

◎ 危砖黄

一

春天来了。

蔡襄打开西园，迎入清晨的阳光。

风日朝来好，园林雨后清。
鱼游知水暖，蝶戏觉春晴。
草软迷行迹，花深隐笑声。
游观聊自适，不用管弦迎。

——蔡襄《开西园》

清晨，西园的空气和阳光特别好；雨后，整个西园显得特别清新。水池里的鱼游来游去，它们最知道水的冷暖变化——使人联想到苏东坡的诗句"春江水暖鸭先知"；蝴蝶在园里游戏，它们最懂得春日晴好。地上的青草软绵绵的，人行走的痕迹迷失其中；草木上的花正灿烂绽放，花丛深处传来阵阵笑声。在这里观赏游玩，真是自得其乐，根本用不着人为的音乐来迎候。

西园，是官家园林，又称"州西园"，在当时的福州府衙西边，现在的鼓楼区新民路以西、北大路南段东侧，福州第三中学校址一带。这座西园是志书上有记录的福州最早的园林，据记载，园林里建有春台馆、春风亭、戏台、沽酒肆、秋千架等，还有池塘、小溪，与衙门里的沟渠相通，池塘的水很神奇，能与潮汐相通起落。

宋代的时候，每年二月至三月，官方会开西园让市民观赏游玩，时间大约一个月。这首《开西园》是蔡襄初到福州出任太守不久写下的，估计蔡襄亲自参加了开园仪式，估计他对这件事感到很满足，你看他在园里是那么自在、那么陶然、那么忘我。

这首《开西园》的意境，不亚于陶渊明的《饮酒·结庐在人境》。"不用管弦迎"与"而无车马喧"，"风日朝来好"与"山气日夕佳"，正好可以对应；一个说"游观聊自适"，一个说"此中有真意"；一个喜爱"鱼游""蝶戏"，一个乐得"飞鸟相与还"。而"草软迷行迹，花深隐笑声"句，更使蔡诗增添了活泼泼的人气。

蔡襄是北宋一代名臣、大书法家，蔡京自称是他的族弟，蔡襄死后谥号忠惠，欧阳修亲自为他写墓志铭。蔡襄曾两次出任福州太守，第一次是1045年至1047年（宋仁宗庆历年间），第二次是1056年至1058年（嘉祐年间），两次"知福州"，政绩卓著。

寒食时节，福州人已然启动龙舟竞渡，蔡襄《寒食西湖观竞渡》有生动的描写：

山前雨气晓才收，水际风光翠欲流。
尽日旌旗停曲岸，满潭钲鼓竞飞舟。
浮来烟岛疑相就，引去沙禽好自游。
归骑不令歌吹歇，万枝灯烛度花楼。

福州西湖的龙舟赛事，是传统的民间体育娱乐活动的一个重要项目，地方行政长官往往亲自观瞻。这是身为太守的蔡襄在观赏福州西湖龙舟竞渡之后的吟咏之作，先写西湖的自然气候和风光，再写龙舟竞渡的热闹场面和自己的细致感受，最后写到余味未消的兴致，体现了与民同乐的情怀，也反映了宋代福州的民风民俗。

二

程师孟，是福州历史上另一位有名的太守。宋熙宁元年（1068 年），程师孟以光禄大夫身份知福州，距蔡襄离任福州的时间大约是 10 年。

他赋予福州的春天一股文化气息：

江山千古仙人地，城郭三春刺史天。

文士莫如今日盛，方袍更比别州偏。

——程师孟《越山亭》

"文士莫如今日盛"，正是当时福州文化昌明和兴盛的写照。程师孟在福州任上，曾在乌石山修建道山亭，并邀文豪曾巩作文记之，为福州留下一篇美文《道山亭记》。

1077 年，曾巩也来到福州做太守。他在福州留下的诗作不多，但看得出来，他特别喜欢春天。他在《福州城南》中写道：

雨过横塘水满堤，乱山高下路东西。

一番桃李花开尽，惟有青青草色齐。

城南，指福州夹城南边宁越门外，现在的南门外。

春雨来得迅猛，池塘水满，漫过塘堤，遥望群山，高低不齐，东边西边，道路蜿蜒伸展；热热闹闹地开了一阵的桃花和李花，此时已然落尽了，只见眼前春草萋萋，碧绿一片。

这是一幅春末郊外景色的速写，笔调轻快流畅，一气呵成，是曾巩诗作中的杰出篇章，宋诗中不多见，放到唐诗中也堪称精品。这首《福州城南》，钱锺书《宋诗选注》中选入了，题作《城南》。钱锺书的眼光何等挑剔，他所看重的一定是诗中洋溢着的对生命力的歌唱。

曾巩笔下的福州郊外的速写，又如《出郊》："葛叶催耕二月时，斜桥曲岸马行迟。家家买酒清明近，红白花开一两枝。"

评论家认为"皆清逸有致"（徐祚永《闽游诗话》卷下、陈衍《石遗室诗话》卷二十六）。

> 杂花飞尽绿阴成，处处黄鹂百啭声。
> 随分笙歌与樽酒，且偷闲日试闲行。

这是曾巩的《旬休日过仁王寺》，是诗人在休息日游览乌石山，经过仁王寺时的诗意灵感。

旬休日：唐宋时期官方实行"旬假"制度，10天为一旬，10天休息一天，称旬假、旬休。仁王寺，在乌石山神光寺西，始建于五代后晋时期，初名道清天王院，内有横山阁、雨花阁等，明代万历年间曾经重建，现已废；仁王是佛教的五大力菩萨，又称为五大力尊、五方菩萨、五大力明王，是未来国的护国。

春去夏来，百花已经飘落，绿树已经成荫，到处可以听到黄莺那动人的鸣叫声。随意品尝一点美酒，如果有缘分，还可以欣赏到美妙的笙歌。在这样休闲自适的日子，且出来悠闲地游玩吧。

这首诗前两句分别从视觉和听觉上描写仁王寺周围的环境，后两句写诗人的活动和情怀。

"且偷闲日试闲行"，忙里偷闲，既可以了解风土人情，又可以放松自我。

三

自古太守喜出游，而且是自助游，用现在的话说，太守们大多是"驴友"。如果与亲友一起出游，更是人情味十足。曾巩《大乘寺》诗云：

> 行春门外是东山，篮舆宁辞数往还。
> 溪谷鹿随人去无，洞中花照水长闲。
> 楼台势出尘埃外，钟磬声来缥缈间。
> 自笑守官偷暇日，暂携妻子一开颜。

大乘寺，在福州东山南麓，南朝梁大同年间所建，明朝嘉靖年间被毁，清朝康熙年间曾重修，现仅存遗址。"鹿随"，指樵夫蓝超遇白鹿的故事。这是福州的一个传说，说的是唐朝永泰年间，樵夫蓝超遇见一头白鹿，于是追逐下去，一直追到榴花河口，遇石洞门。洞门极窄，进入深处，豁然开朗，里面有村舍人家，鸡犬相闻。蓝超遇见一老翁，询问这里到底是怎么回事，老翁说这里的人是逃避秦时战乱来到此地，也不知现在是什么世道了。老翁劝蓝超留下，蓝超说回去辞别妻子再来，老翁临别时赠予石榴花一支。蓝超出洞后恍然如梦，不久欲再前往，但已经找不到洞口所在了。这个故事和陶渊明《桃花源记》的故事很相似。《闽都别记》也说到一个关于榴花洞的故事，说周启文与吴青娘这对少男少女因为躲避黄巢起义军而住在洞中十几日，后终成眷属，年老又双双乘青鸾羽化成仙。

正是春游好时节，出门不远是东山，宁愿放弃竹轿，多次往返去那里游览。东山的溪流峡谷之间，蓝超追鹿的传说早已远去，榴花洞中，流水映照着花草，永远显得这么悠闲。楼台建筑看上去超凡脱俗，寺院的钟声隐约传来，百忙偷得一日闲，姑且带着妻儿来这里开心一游。

这首诗将大乘寺周边的自然风光、传说故事、寺院气氛和家庭欢乐融为一体，仿佛随手拈来，颇能体现曾巩诗自然流畅的特点。

春天，确实适合出门游玩，特别是三月，上巳时节。

比蔡襄更早在福州做过太守的王逴，有一首《上巳游东禅寺》，诗云：

> 紫陌破清晨，雕鞍映画轮。
> 因修洛阳禊，重忆永和春。
> 锦绣花香度，岩峦梵宇新。
> 忙中得闲暇，来见解空人。

上巳是古老的传统节日，俗称三月三。东禅寺：从前，福州除了现存的西禅寺，还有东禅寺、南禅寺、北禅寺。南禅寺位于与山边街连接的开智路西端，始建于梁乾化二年（912年），1954年成立的福州十四中即位于南禅寺原址；东禅寺在福州东郊,据说福州锅炉厂有其遗迹。修洛阳禊:修禊是一种古代民俗,在阴历三月三到水边游玩,以驱除不祥。唐文宗开成二年(837年)三月三日,河南府尹李待价邀约留守裴度一起到洛河之滨举行除灾祈福的祭祀,裴度招集太子少傅白居易,太子宾客萧籍、李仍叔、刘禹锡,中书舍人郑居中等十几位官员,在船上举行盛大宴会。此后,诗人们往往用"修洛阳禊"泛指修禊活动。永和春:指王羲之等人聚于兰亭的永和九年(353年)暮春,王羲之与谢安等人正是在当年三月三这一天修禊于兰亭,饮酒赋诗;王羲之《兰亭集序》有语:"暮春之初,会于会稽山阴之兰亭,修禊事也。"

清晨,道路破雾而出,有人骑在马上,有人待在船上,人们从不同的地方来到水边,参加三月三修禊活动。由此,诗人又想起了东晋时代王羲之等人兰亭雅集的佳话。此刻的东禅寺,不断地有善男信女从花丛中穿过,山峦之间的寺院佛殿如新造一般。诗人从凡尘琐事中抽出空闲,来会见在这里修行的朋友。

四

绍兴二十九年(1159年),陆游由宁德主簿调任福州决曹(又名法曹,负责社会治安和民兵训练),第二年北归。宋孝宗淳熙五年(1178年),陆游又获提举福建常平茶盐公事。

在福州,陆游曾写下一首《登子城新楼遍至西园池亭》:

狂夫无计奈狂何，何况登临逸兴多。

千叠雪山连滴博，一支春水入摩诃。

吟余骑省霜侵鬓，钓罢玄真雨满蓑。

逐虏榆关期尚远，不妨随处得婆娑。

子城，晋太康三年（282）郡守严高所建，北宋太守程师孟在此基础上进行修建，在城上设有9楼，所谓"新楼"，就是宋时新建的。西园，即前文提到的"州西园"，是官家园林，在当时的福州府衙西边。

诗人自称是个狂人，总是解不开心中的痴狂，何况游览一个好地方，脱俗的兴致、脱缰的思绪更是纷至沓来。遥想滴博边关，重重雪山与它相连；眼前则是一条江水，径直流向更加广阔的地方。吟读了《骑省集》之类的著作，头发就渐渐花白了；苦修悟道之后，雨水已经淋湿了蓑衣。把敌兵赶出山海关，为期尚远，不妨让身心在所到之处稍做徘徊。

诗人到哪里都不忘"逐虏"大计，不忘边疆战事（铁马冰河入梦来），这是他终生的心结。他初到闽中就写下一首心情悲愤的诗《适闽》："春残犹看少城花，雪里来尝北苑茶。未恨光阴疾驹隙，但惊世界等河沙。功名塞外心空壮，诗酒樽前发已华。官柳弄黄梅放白，不堪倦马又天涯。"即使是登上福州子城新楼，游西园，置身池亭雅地，也不例外。

"不妨随处得婆娑"，只是他自我安慰的无奈表述。

福州，宋代的春天，好诗扎堆。

薄暮惊鸿

危砖黄，福州晚报编委、总编室主任。1999年至2000年，连续两年每期一篇为中学生刊物《作文天地》开辟"阿砖先生说文馆"专栏。中篇小说述评《五个苹果》获《福建文学》年度优秀作品奖。主持整理编辑福州晚报文史丛书《凤鸣三山》（第6、7、8辑）三册。

福州，宋代的春天

让我们为秋天写一首诗

◎ 叶 红

现代的社会中，诗仿佛离我们越来越远了。

其实，我特别想说，诗歌实际上是我们生命中忠诚的不可多得的朋友，但有时，我们却轻易地将它抛弃了。

20世纪80年代，是诗歌盛行的时期。那个年代，产生了北岛、舒婷、顾城、杨炼、江河、王小妮等一大批优秀的诗人。他们点缀了我们朦胧的记忆，也美丽了文学的星空。那时候，许多人读诗、品诗，也尝试着写诗。躲在大学校园深冬温暖的被窝里，坐在街角拐弯处昏暗的灯光下，给心爱的人写一首情诗，为自己的人生际遇写一首咏怀诗，是不足为奇的事。只要心中有爱，有感动，有激情，有渴望，流出来便都是诗。读诗、写诗，成了当时许多人生活的一种状态。

诗歌，之所以具有如此大的魅力，我想，可能是因为它是距离我们心灵最近的一种文学载体吧。古人道："夫诗者，本发其喜怒哀乐之情；如使人读之无所感动，非诗也。"诗，是抒情的艺术。任何一首优秀的诗歌，总是诗人内心深处涌出的歌唱，是真挚情愫的倾吐，是真切感受的结晶。诗歌唯有感情真挚才能深深打动读者。相信许多人至今都还记得艾青的诗作《我爱这土地》中最后的那两句——"为什么我的眼里常含泪水？因为我对这土地爱得深沉"，诗人的感情是如此的深厚凝重，力透肌骨，令人心灵为之震颤。

诗歌感人的原因也许是多方面的，除了浓烈饱满的真情、熨帖而隽永的比拟和沉郁而蕴藉的意象，还需要美丽清新的诗境。像我们小时候读的那些诗句，如"明月松间照，清泉石上流""日暮秋风起，萧萧枫树林"，又如"春潮带雨晚来急，野渡无人舟自横""狼山青两点，极目是天涯"等，都是极佳的典型。

好诗不仅应该有美的意境，还应该富有深意。"欲穷千里目，更上一层楼"，"野火烧不尽，春风吹又生"，"墙角的花！/你孤芳自赏时，/天地便小了"，"如果冬天来了，春天还会远吗？"这些古今中外的哲理性诗句，曾经给予我们多少美的享受和深刻的启迪呵！诗是最富于哲理意味的文学体裁，而当诗一旦蕴含某种哲理，也就产生了意中之意，味外之味，使人"挹之而源不穷，咀之而味愈长"。当然有哲理性并不等于有哲理性的警句，没有警句而富于哲理意味的往往更含蓄蕴藉。"我是个贪玩的孩子，/除了风筝，/什么都不懂，/我只知道我无论如何不能松手，/我只知道我必须永远欢笑着跑向前方"。这是一位不太出名的诗人的诗作，全篇洋溢着一种天真烂漫的氛围，然而它却在偶然性中体现了必然性，于一个孩子充满稚气的自述中渗入了精警的人生哲理，也就是列宁所说的："前进吧，这是多么好啊，这才是生活。”

因为生于秋天，所以我喜欢红叶；因为喜欢红叶，所以特别爱读写红叶的诗笺。也曾有过一些朋友，以"红叶"为题，写诗相赠。每每读之，总是感叹不已。不在于诗的对仗押韵如何工整，我看重的是回荡浸润于诗行中的那一份深情厚谊，看重的是那一份独具匠心和不落窠臼。

当然，读自己写的诗也时有不一样的美好感觉。在诗中的"我"好像推倒了生活中的一堵墙，露出春光明媚的园子。我读着读着，就仿佛走进园子一样，因为欢喜而忘却了人世间所有的烦恼。

海德格尔曾说过："人，诗意地栖居于大地之上。"生活中，我们不是诗人，但我们又都是诗人。我们写诗，把它献给生活，由悲哀的小径转向希望之途；我们读诗，为生活而微笑，没有人知道我们已留下深深的足迹。

秋天，是一个充满诗意的季节。秋阳温情地对我们凝视，秋雁排着人字迁徙南方，秋风似歌，落叶如蝶，这一切都让我们深深领悟到大自然对人生的某种启示。应该说，秋天的每一个人都是激情澎湃的诗人。"登山则情满于山，观海则意溢于海。"那么，拿出你饱蘸深情的笔，留下一首关于秋天的诗，好吗？

薄暮惊鸿

叶红，女，福建永春人，中国散文诗学会会员、福建省作家协会会员。现为中共福州市委党史和地方志研究室副主任。

著有长篇小说《疼痛》、散文集《纸页上的流年》、报告文学《青春无悔》等。作品入选《中国文学新人新作选》《最受小学生喜爱的100篇文章》《智慧背囊》《2018—2019散文家年度精选》《中国最美游记》等。

图书在版编目(CIP)数据

薄暮惊鸿/"峰岚·精品库"编委会编.—福州:海峡
文艺出版社,2022.7
(峰岚·精品库)
ISBN 978-7-5550-3022-5

Ⅰ.①薄…　Ⅱ.①峰…　Ⅲ.①中国文学－当代文
学－作品综合集　Ⅳ.①I217.1

中国版本图书馆 CIP 数据核字(2022)第 097014 号

薄暮惊鸿

"峰岚·精品库"编委会　编

出 版 人	林　滨
责任编辑	朱墨山　林　颖
出版发行	海峡文艺出版社
经　　销	福建新华发行(集团)有限责任公司
社　　址	福州市东水路 76 号 14 层
发 行 部	0591－87536797
印　　刷	福州印团网印刷有限公司
厂　　址	福州市仓山区十字亭路4号金山街道燎原村厂房4号楼
开　　本	720 毫米×1010 毫米　1/16
字　　数	190 千字
印　　张	18.25
版　　次	2022 年 7 月第 1 版
印　　次	2022 年 7 月第 1 次印刷
书　　号	ISBN 978-7-5550-3022-5
定　　价	79.00 元

如发现印装质量问题,请寄承印厂调换